L'héritier de Emmett's Mill

KIMBERLY VAN METER

L'héritier de Emmett's Mill

éditions Harlequin

Titre original : A KISS TO REMENBER

Traduction française de MICHÈLE COLLERY

Photos de couverture

Paysage : © JOHN DE VISSER / MASTERFILE
Homme : © BLEND IMAGES / GETTY IMAGES
Propriété : © KAZ MORI / GETTY IMAGES

Réalisation graphique couverture : VIVIANE ROCH

83-85, boulevard Vincent-Auriol 75646 PARIS CEDEX 13.

Service Lectrices — Tél. : 01 45 82 47 47
www.harlequin.fr

ISBN 978-2-2808-5054-4 — ISSN 1950-277X

Chapitre 1

Nora Simmons traversait Emmett's Mill au volant de son pick-up couvert de boue séchée, pour rejoindre Sonora où elle avait rendez-vous avec un client. Elle était en avance et prenait le temps d'observer le jeu des rayons du soleil qui perçaient le feuillage sombre des cerisiers dont les bourgeons étaient prêts à exploser. Avril était doux, cette année.

Il était encore tôt et le peu de circulation permit à la jeune femme d'atteindre rapidement le vieux quartier de la petite ville. Comme elle le faisait depuis quelque temps maintenant, elle ne put s'empêcher de ralentir en passant devant chez les Hollister, pour jeter un coup d'œil désolé à la grande propriété.

L'ancienne bâtisse, construite dans le plus pur style victorien, semblait à l'abandon depuis des lustres, alors que B.J. et Corrinda Hollister, deux amis de toujours, n'étaient décédés que depuis six mois.

Quelle ne fut pas la surprise de Nora, pour ne pas

dire son agacement, quand elle constata qu'un coupé sport noir était garé devant la maison. Avec sa carrosserie flambant neuve et ses chromes rutilants, la voiture choquait dans la quiétude de ce décor désuet.

Ces touristes se croyaient décidément tout permis ! Ce ne devait pas être des gens du pays. A Emmett's Mill, personne ne possédait de BMW décapotable. Un coupé aussi voyant ne serait pas passé inaperçu. Plutôt conservateurs, les habitants de la ville se méfiaient des marques étrangères. Pour eux, la question ne se posait même pas. On achetait américain, un point c'est tout. Emmett's Mill avait beau être située en Californie, elle ne faisait pas preuve d'une grande ouverture d'esprit, peut-être parce qu'elle se trouvait à plus de trois heures de San Francisco.

Nora fit demi-tour, puis engagea son pick-up le long de l'allée qui conduisait à la maison, en soulevant un nuage de poussière. Avant de descendre de son véhicule, elle sortit son téléphone portable de son sac, au cas où elle aurait besoin d'appeler le shérif en renfort. Chacun avait droit au respect de sa mémoire, les Hollister plus encore peut-être que les autres à ses yeux. Et les lieux où ils avaient vécu aussi.

La jeune femme contourna l'imposante demeure et aperçut un homme qui regardait les massifs de rosiers, la fierté de Corrinda. Il ne l'avait pas entendue venir. Elle s'arrêta un instant pour l'observer. Il était incroyablement grand et avait les traits fins. Ses cheveux noir ébène coiffés en arrière lui donnaient l'air d'un dandy. A son allure et à la coupe de ses vêtements, on devinait sans peine qu'il ne manquait ni d'argent ni de pouvoir.

Il y avait quelque chose d'incongru dans sa présence immobile au milieu des fleurs. Une forme de recueillement que la présence de son coupé tape-à-l'œil rendait paradoxale.

Nora fit quelques pas dans sa direction, cherchant de quelle manière l'aborder.

— Vous cherchez quelque chose ?

L'homme se tourna vers elle, apparemment surpris, plus sans doute par le ton sec que par l'irruption de la jeune femme dans sa contemplation.

— Pardon ? fit-il.

— Je vous demande si vous cherchez quelque chose, répéta-t-elle avec une étrange impression de déjà-vu, lorsqu'elle croisa son regard d'un vert intense.

— Qui êtes-vous ?

La question de l'inconnu ne fit qu'augmenter son agacement.

— Au cas où vous ne l'auriez pas remarqué, vous êtes sur une propriété privée, monsieur ! Je ne sais pas comment ça se passe chez vous, mais ici, les gens n'apprécient pas qu'on entre chez eux sans y être invité !

— A qui ai-je l'honneur ? insista-t-il, nullement impressionné.

— Ecoutez… Si vous remontez dans votre voiture et que vous quittez les lieux illico, je n'appellerai pas le shérif. Ça vous va ?

— Votre conscience citoyenne est admirable, mais tout à fait inutile dans mon cas : je suis le propriétaire de cette maison.

— Bien essayé, sauf que vous tombez mal. Il se trouve que je connais bien les propriétaires. Et si vous voulez tout savoir, cette maison appartient…

— Appartenait, corrigea-t-il en insistant sur l'imparfait, à B.J. et Corrinda Hollister, jusqu'à ce qu'ils perdent tous deux la vie dans un terrible accident de la route, il y a maintenant six mois. Leur unique petit-fils en a hérité. Et ce petit-fils, c'est moi… Ça vous va ? ajouta-t-il avec un sourire faussement aimable.

Ben ?

Fouillant dans ses souvenirs, Nora chercha une ressemblance entre cet homme qui la fixait maintenant d'un œil suffisant et le garçon timide qu'elle avait embrassé un soir d'été dans la crique.

— Vous êtes Ben Hollister ?

— C'est en tout cas le nom qui est inscrit sur mon acte de naissance.

La bouche de la jeune femme s'assécha. Elle considéra les larges épaules, les cheveux impeccablement lissés en arrière, la sobre élégance du costume. Il était impossible que l'adolescent maigre, à la mèche rebelle et aux jeans délavés, soit devenu cette gravure de mode à la carrure d'athlète !

Sans accorder davantage d'attention à la jeune femme, il se détourna.

— Non, vous n'êtes pas Ben, s'entendit-elle lancer maladroitement.

Cette fois, il eut l'air exaspéré.

— Vous voulez voir ma carte d'identité ? Et vous, qui êtes-vous, pour commencer ? Je vous ferais juste remarquer que c'est vous qui êtes chez moi sans y être invitée, à présent !

Nora était prête à lui rafraîchir la mémoire mais quelque chose — l'orgueil peut-être ? — la retint. Inutile de formuler cette vérité mortifiante pour elle : à savoir que s'il était vraiment Ben Hollister, le fait qu'il ne la reconnaisse pas d'emblée signifiait qu'il n'avait pas gardé d'elle un souvenir impérissable ! Or, sans se considérer comme une beauté inoubliable, elle avait néanmoins l'habitude qu'on se souvienne de sa forte personnalité.

Elle lui jeta un regard suspicieux, se demandant s'il ne la remettait véritablement pas, ou s'il jouait la comédie.

— Si vous refusez de vous présenter, autant passer votre chemin…

Nora fut tentée de le prendre au mot, la tentation de tourner les talons l'emportant chez elle sur l'envie de voir la réaction de Ben, quand elle lui dévoilerait son identité.

S'il ne la reconnaissait pas physiquement — et, honnêtement, à part ses cheveux blonds, elle n'avait plus grand-chose en commun avec la fillette qu'elle avait été —, il ne pouvait pas avoir oublié son nom. Et une fois qu'il aurait remis ses fiches à jour, elle ne se gênerait pas pour lui jeter quelques vérités à la figure. Par exemple le fait qu'il avait négligé ses grands-parents pendant des années et qu'il n'avait pas daigné se déplacer pour leur enterrement.

— Ecoutez, mademoiselle…

— Nora, coupa-t-elle, Nora Simmons…

Elle marqua un temps d'arrêt, histoire de savourer l'effet produit par sa révélation.

Mais au lieu du bouleversement attendu, elle ne vit qu'une expression de légère surprise sur son visage, vite chassée d'un battement de paupières.

— Nora Simmons, l'architecte paysagiste qui a dessiné les jardins du sénateur Wilkinson, près de Bass Lake ?

Elle hocha simplement la tête pour confirmer.

— Les grands esprits se rencontrent ! Figurez-vous que j'avais prévu de vous appeler. J'étais loin de me douter que vous portiez aussi la casquette de la brigade de surveillance du quartier. Finalement, vous m'avez fait gagner un temps précieux en m'évitant d'avoir à vous chercher.

— Attends une minute… Tu veux dire que tu ne te souviens pas de moi ?

Le passage au tutoiement s'était fait sans qu'elle s'en rende compte, comme si le fait de s'être connus autrefois pouvait abolir d'un coup la distance que les années avaient créée.

— Pardon ?

Son expression était trop sérieuse pour être crédible. Quel jeu jouait-il donc ? Elle fit pourtant marche arrière.

— Rien… C'est sans importance… Oui, c'est bien moi qui ai travaillé pour Jerry Wilkinson, confirma-t-elle. Un projet intéressant.

— Que vous avez parfaitement mené à bien… C'est pourquoi je souhaite vous confier le réaménagement de cet endroit, fit-il, en désignant le parc d'un geste ample.

Nora promena son regard sur le vaste jardin qui entourait la maison. Les mauvaises herbes avaient tout envahi, au point qu'on ne distinguait plus les plates-bandes des massifs ou de la pelouse. Certains arbres étaient morts. Les haies avaient besoin d'être taillées.

— Que lui reprochez-vous ? demanda-t-elle avec

une certaine mauvaise fois, car elle voyait très bien ce qu'il pouvait lui reprocher.

— Ce que je lui reproche ? Regardez vous-même !

C'était inutile. Elle avait déjà repéré les roses fanées dévorées par les ronces, les lianes qui rampaient sur les murs de la maison, les branches mortes.

Qu'était devenu le bel Eden de Corrinda ? D'un tas de cailloux, elle avait fait une oasis de fraîcheur parfumée qu'elle entretenait avec amour. Là où ne poussaient que de maigres acacias et de rares lupins, elle avait cultivé des rosiers, des rhododendrons, des anémones, des narcisses…

Ben Hollister tourna vers elle son regard perçant.

— Je sais que vous excellez dans ce domaine.

Nora n'aimait pas du tout la façon dont il la dévisageait. Cet homme-là ne doutait de rien, et surtout pas de son pouvoir de séduction. Pour masquer son trouble, elle se renfrogna.

— C'est en effet ce que certains pensent, maugréa-t-elle.

— Cette jungle ne vous fait pas peur ?

Si les Hollister avaient vu le regard méprisant que leur petit-fils portait sur leur chère villa, ils en auraient eu le cœur brisé. Nora bénit le ciel de leur avoir épargné cette épreuve.

Le fait que Ben Hollister n'ait jamais remis les pieds

à Emmett's Mill, au moins une fois pour leur rendre visite, en disait long sur la mentalité du personnage.

— Qu'attendez-vous de moi ?

— Que vous nettoyiez tout ça.

Nora n'avait aucun mépris pour les tâches subalternes, qu'elle effectuait parfois elle-même — du moins pour les clients sympathiques —, mais cet idiot n'avait apparemment aucune notion de ce en quoi consistait le métier de paysagiste.

— Ça vous coûtera moins cher de faire appel à une entreprise de jardinage qui se chargera de débroussailler et d'arracher les mauvaises herbes.

— Pas seulement. J'aimerais refaire tout le jardin.

Il désigna la maison.

— Comme le reste, d'ailleurs... Vu l'extérieur, vous imaginez l'état de l'intérieur. Je comprends mieux pourquoi personne ne veut acheter cette ruine. En quatre mois, je n'ai eu aucune proposition.

— La maison est en vente ?

Au lieu de répondre, il fouilla du regard le jardin puis l'allée.

— J'ai l'impression que la pancarte a disparu. Il faut que je le signale à l'agence.

— Vous vendez ? repéta-t-elle d'une voix blanche.

— Exactement...

— Vous vendez !

— Mademoiselle Simmons, auriez-vous des problèmes d'audition ?

— Non, je suis surprise, voilà tout.

— Surprise ? Pourquoi donc ?

— Parce que c'est la maison de vos grands-parents. Vous n'y êtes donc pas attaché ?

La question parut le surprendre.

— Pourquoi le serais-je ?

Il demandait pourquoi !

Elle retint le sarcasme qui lui brûlait les lèvres.

— Pour rien. Aucune importance.

Mais après réflexion, elle reprit :

— Si vous étiez plusieurs héritiers, je comprendrais que vous la vendiez pour partager l'argent, mais puisque vous êtes le seul, pourquoi ne pas la garder ?

— Ça ne vous regarde pas, mais puisque vous voulez tout savoir, j'ai l'intention d'ouvrir un cabinet d'avocat à San Francisco et j'ai besoin d'argent. Que voulez-vous que je fasse d'une maison à la montagne où je ne viendrai pas ? Je ne prends jamais de vacances.

Un sentiment de tristesse s'empara de Nora. Cet homme ne savait pas profiter des joies simples de l'existence, cela se voyait tout de suite. Quelle avait été la vie du jeune garçon qu'elle avait connu autrefois, pour qu'il devienne cet homme sec, qui ne semblait croire qu'en l'efficacité des choses ?

— Vous poser autant de questions personnelles à tous vos clients ? Je ne pense pas que ce soit une bonne stratégie.

— Epargnez-moi vos conseils professionnels, s'il vous plaît. Et pour répondre à votre question, non, je n'en pose pas.

— Alors pourquoi êtes-vous aussi curieuse à mon égard ?

Il la fixait de son regard intense. Troublée et incapable d'interpréter ce qu'elle lisait sur son visage, Nora tourna la tête vers la grande bâtisse.

— J'essaie juste de comprendre. Je connaissais bien vos grands-parents. Ils tenaient à cette maison comme à la prunelle de leurs yeux. C'est la plus ancienne de la région, vous savez. Elle est chargée d'histoire. Vous ne mesurez pas la chance que vous avez d'en avoir hérité. Je connais peu de gens qui s'en débarrasseraient, comme d'un vulgaire pavillon de banlieue.

Au lieu de tiquer sur la morgue de sa remarque, Ben Hollister promena longuement son regard sur l'ensemble de la propriété.

— Je ne m'attendais pas à la trouver en si piteux état. Cette femme de l'agence immobilière aurait dû me prévenir.

— A quelle agence vous êtes-vous adressé ?

Elle connaissait déjà la réponse. Il n'y avait que

deux agences immobilières à Emmett's Mill. Une seule était tenue par une femme.

— Janelle…

Il s'interrompit, le temps que la mémoire du nom lui revienne.

— Grafton. Elle a omis de me préciser que c'était un produit difficile à vendre. Cette demeure est grande, chère à entretenir et en mauvais état. Qui irait investir dans un tel gouffre financier aujourd'hui ? Je me dis que l'œuvre d'une architecte paysagiste locale telle que vous la rendrait plus attrayante et qu'elle se vendrait plus facilement, en dépit du prix élevé.

Il regarda les genêts accrochés à la colline qui descendait vers la crique, le lac scintillant sous le soleil.

— L'environnement est magnifique. Présentée sous un meilleur jour, elle pourrait intéresser un hôtelier.

— Et vous croyez que parce que je suis d'ici, la maison se vendra plus facilement ?

— Bien sûr. Premièrement parce que les habitants d'une petite ville accordent plus de confiance aux professionnels de chez eux. Deuxièmement, parce que j'apprécie votre travail. Je sais que vous avez du talent.

— Que connaissez-vous de mon travail ? Ce que j'ai réalisé chez le sénateur Wilkinson n'est pas mentionné sur mon site.

Un sourire en coin incurva la belle bouche sensuelle de son interlocuteur.

— J'ai des relations...

— Ah oui ? Cessez donc tous ces mystères. Moi aussi j'ai des relations. Dites-moi qui vous a parlé de ce travail en particulier ?

— La société dans laquelle je travaille actuellement touche certains milieux politiques. C'est comme ça que j'ai eu l'occasion de rencontrer le sénateur. Jerry ne tarit pas d'éloges sur vous. Quand j'ai demandé ensuite à droite et à gauche qu'on me recommande un architecte paysagiste, on m'a encore vanté vos œuvres. Votre réputation vous précède, mademoiselle Simmons. Et puis je ne vous cache pas que je préfère l'idée d'avoir affaire à quelqu'un de la campagne. Je pense que les relations sont plus directes, moins compliquées...

— Je vous remercie du compliment, mais mon travail n'est pas différent de celui des autres paysagistes, en dépit du fait que je sois « de la campagne », comme vous dites.

Elle le toisa avec dédain.

— Vos préjugés dénotent un esprit étroit et méprisant !

— Qu'est-ce qui vous autorise à me parler sur ce ton, mademoiselle Simmons ?

— Je n'aime pas traiter avec des gens qui arrivent en

conquérants, avec des idées toutes faites. Alors faisons court, monsieur Hollister. Pour résumer, vous avez besoin de mes services, mais sur le plan relationnel, je doute que nous puissions nous entendre.

Ben Hollister demeura parfaitement impassible, mais Nora sentit sa crispation s'accentuer. Elle ne regrettait cependant pas ses paroles. Il les méritait. Son arrogance commençait à lui porter sur les nerfs.

— Vous avez terminé ? demanda-t-il calmement.

Elle hésita. Sa maîtrise la déstabilisait. Elle détestait ces personnes capables de dominer leurs émotions en toutes circonstances. Comparés à eux, les gens comme elle passaient pour des hystériques.

— Oui, répondit-elle.

— Bien.

Elle pensait qu'ils allaient en rester là, mais Ben Hollister fit plusieurs pas dans sa direction. Elle en fut prise au dépourvu. Qu'y avait-il à dire de plus ? Il s'approcha si près d'elle que Nora dut lever la tête pour le regarder.

Son visage était mince et énergique, avec une mâchoire anguleuse qui lui donnait un air déterminé, presque dur. Elle distinguait les fines zébrures mordorées qui striaient le vert de ses iris.

Elle avait oublié la beauté de ses yeux…

Puis son regard tomba sur ses lèvres. Tout ce dont

elle se souvenait, c'était leur douceur ainsi que le torrent de sensations que leur baiser avait éveillées dans son corps de préadolescente.

« Ressaisis-toi, Nora ! »

A l'époque, ils n'étaient que des enfants inexpérimentés qui découvraient la saveur du premier baiser. Plus de vingt ans après, elle ressentit d'étonnants fourmillements d'excitation au souvenir d'avoir embrassé ces belles lèvres-là.

Le timbre grave de Ben Hollister la ramena au présent. Même si ses paroles n'étaient pas très agréables à entendre.

— Vous avez raison. Nous n'avons pas beaucoup d'atomes crochus. Mais c'est votre travail qui m'intéresse, pas votre personne. Je suis certain que vous allez faire de cette villa un paradis sur terre. A présent, dites-moi si vous êtes ou non décidée à signer un contrat.

Nora serra les dents, partagée entre l'envie de lui tourner le dos et celle d'accepter, au nom de son amitié passée pour B.J. et Corrinda. Pour eux, elle pouvait faire l'effort de supporter la grossièreté de leur petit-fils qui semblait bien décidé à vendre, qu'elle accepte ou non.

Elle parcourut la propriété du regard, évaluant le travail à accomplir. Les idées ne manquaient pas. Quel paysagiste n'aurait pas rêvé d'aménager un aussi beau parc ?

— J'accepte pour B.J. et Corrinda, mais à une seule condition : je ne veux pas vous voir ici durant le temps du réaménagement !

— Si je vous emploie, je serai bien obligé de vous voir, au moins pour vous donner mes instructions.

— Si vous m'employez, c'est parce que je connais mon métier. Et c'est moi qui vous ferai des suggestions. Je ne suis pas à vos ordres, ou alors adressez-vous à quelqu'un d'autre !

— Bon sang, vous êtes caractérielle ou quoi ? Comment font vos clients pour vous supporter ?

— Je n'ai aucun problème avec mes clients. Ils m'apprécient tous.

— Je demande à voir.

— Je me fiche de ce que vous croyez, du moment que vous me payez.

Sur ces mots, elle pivota, un sourire victorieux aux lèvres.

— Je repasserai demain à 9 heures pour régler les détails du contrat, dit-elle en s'éloignant.

— Demain matin, je ne peux pas. Si on disait plutôt…

Nora, qui filait droit vers son pick-up, lui répondit sans même s'arrêter, par-dessus son épaule :

— Vous ne pouvez pas demain matin ? Je regrette. C'est mon seul créneau disponible. Au revoir.

— Vous n'êtes pas l'unique architecte sur terre, grommela-t-il.

Elle répondit par un simple haussement d'épaules. Qu'il prenne quelqu'un d'autre ! Au moins, cela lui épargnerait le risque de se noyer dans ses beaux yeux.

Elle ouvrit la portière de son véhicule et s'y engouffra. En effectuant son demi-tour, elle vit Ben consulter son agenda électronique, le stylet pointé sur l'écran. Il devait vérifier son emploi du temps de ministre.

— Va pour 9 heures. Et ne soyez pas en retard ! lui lança-t-il de loin. Attendez !

Il vint vers elle en courant.

Est-ce que vous avez un numéro de téléphone où je puisse vous joindre ?

— Oui, bien sûr.

Elle lui tendit sa carte par la vitre ouverte.

— Alors à demain, 9 heures.

Le pick-up démarra en pétaradant. Ben regrettait déjà d'avoir engagé Nora Simmons. Il n'aimait pas les femmes compliquées et trop sûres d'elles-mêmes. Il subodorait qu'il n'avait pas fini d'avaler des couleuvres avec elle. Ses yeux gris aux éclairs furieux lui disaient qu'il avait intérêt à se tenir à distance.

Le travail de la jeune femme serait son meilleur argument pour vendre la maison. Son site était impressionnant et il ne s'expliquait pas pourquoi elle restait terrée à Emmett's Mill, alors qu'elle avait des clients dans toute la Californie, et non des moindres. Parmi eux se trouvaient de hautes personnalités de la politique ou du show-business. De luxueuses revues d'architecture publiaient des reportages photographiques sur ses réalisations toutes plus belles les unes que les autres.

Si elle signait les plans du jardin, la maison se vendrait mieux que s'il engageait un architecte ordinaire. Dans la balance, cet avantage l'emportait sur son caractère infernal.

Il agirait selon le désir de la jeune femme. Une fois qu'ils auraient signé le contrat, il disparaîtrait de sa vue.

Nora n'avait plus rien de la toute jeune fille qu'il avait connue l'été où il était venu en vacances chez ses grands-parents. Si elle n'avait pas mentionné son nom, il n'aurait jamais deviné qu'elle était celle qu'il avait embrassée dans la crique.

Elle était assise sur un des rochers de granit qui surplombaient le lac. Elle avait dû se baigner peu de temps avant, ses cheveux étaient encore mouillés. Elle mangeait des mûres qui lui noircissaient les lèvres.

Quand elle s'était aperçue qu'il la regardait, elle

avait eu l'air gênée, peut-être parce qu'elle se trouvait sur une propriété privée. Et puis très vite, elle avait repris sa belle assurance.

— Qui es-tu ? lui avait-elle demandé.

Et elle avait englouti plusieurs mûres d'affilée, comme elle aurait mangé des cacahuètes.

Ses cheveux emmêlés tombaient en cascade sur ses épaules nues. Son haut de Bikini rouge couvrait sa poitrine à peine formée. Elle s'était mise debout et avait passé ses jambes maigres dans un short trop grand qu'elle avait dû hériter d'une sœur aînée.

— Et toi ? avait-il répondu.

— C'est moi qui t'ai posé la question en premier.

— Réponds d'abord !

Elle avait haussé les épaules et expédié le reste des mûres à l'intérieur de sa bouche, avant de sauter du rocher pour aller en cueillir d'autres. Les cigales chantaient dans la chaleur écrasante. L'air sentait la lavande et le thym sauvage.

Les choses auraient pu en rester là, mais il l'avait suivie. Elle se baissait vers les buissons pour cueillir les baies en l'ignorant complètement.

Il n'en menait pas large. Il épiait les broussailles d'un air méfiant.

— Il doit y avoir des serpents là-dessous…

Elle l'avait toisé en silence, puis :

— Et alors ?

— Tu n'as pas peur ?

— Mon père dit qu'ils sont plus effrayés que nous et que si on les laisse tranquilles, ils ne nous attaquent pas. Le seul à craindre, c'est le serpent à sonnette, mais il fait tellement de bruit qu'on l'entend arriver avant qu'il morde.

Il avait roulé des yeux effarés.

— Quel genre de bruit ?

— Un bruit de sonnette. Tsss tsss tsss.

Elle se tourna et lui lança une mûre.

— Tiens !

— Comment tu sais qu'elles sont comestibles ?

Elle l'avait regardé comme s'il était le garçon le plus stupide de la terre. Il avait mangé le fruit uniquement pour dissiper ce mépris dans ses yeux gris.

La baie s'avéra délicieuse, sucrée et juteuse.

— Je ne suis pas habitué à manger les baies directement dans les buissons…

Tout en parlant, il s'était rapproché pour faire lui-même sa cueillette.

— C'est vrai qu'elles sont bonnes.

— Pourquoi elles ne seraient pas bonnes ? Tu as de drôles d'idées !

— Je ne sais pas.

— Tu n'avais jamais vu de mûres, avant ?

— Euh… non.

— Tu sors d'où ?

— Pourquoi ?

— Si tu n'as jamais vu de mûres, c'est que tu viens de la ville.

— Oui et alors ?

— Les gens de la ville ne savent pas d'où provient la nourriture que contient leur assiette.

— Il ne faut pas exagérer.

Le pire, c'est qu'elle avait raison, du moins en ce qui le concernait. Avant de venir chez ses grands-parents, il n'avait jamais vu de jardin potager.

— Alors, comment tu t'appelles ? avait-elle insisté.

— Ben Hollister.

De la tête, il avait désigné la grosse maison perchée au sommet de la colline.

— Je suis en vacances chez mes grands-parents. Ils habitent là-haut…

Elle était partie d'un éclat de rire.

— N'importe quoi ! Les Hollister n'ont pas de petits-enfants.

— Si. Moi !

— Arrête ! Je ne t'ai jamais vu ici. Si tu étais leur petit-fils, pourquoi tu n'es jamais venu avant ?

— Parce que… j'habite loin.

— Où ?

— Sur la côte Est. En Nouvelle-Angleterre.

Il avait relevé le menton, en essayant d'imiter le ton autoritaire de son père.

— Je parie que tu ne sais même pas où ça se trouve ?

— Je m'en fiche où ça se trouve. Je constate juste qu'il n'y pas de mûres chez toi !

Sur ces mots, elle avait reculé du buisson puis foncé pour enfourcher une bicyclette couchée au bord de l'eau.

— Attends ! C'est quoi, ton prénom ? avait-il crié.

Comme tous les garçons de douze ans, il était prêt à se lier d'amitié avec n'importe quel enfant de son âge.

— Nora… !

Son nom de famille s'était perdu dans le vent.

Ben avait pris une chambre d'hôtel pour la nuit. L'horaire du rendez-vous imposé par Nora avait chamboulé son planning. Il n'avait pas eu envie de rouler trois heures pour regagner San Francisco, où il vivait, sachant qu'il lui faudrait faire le chemin inverse dès l'aube.

En traversant la ville, il s'était dit qu'Emmett's Mill datait d'une autre époque, quoi qu'en dise Nora.

Rien n'avait changé, depuis qu'il y avait séjourné enfant. Seule la cabane du glacier avait disparu. A la place, une grande pancarte en bois annonçait la construction des nouveaux bureaux de la société immobilière Grafton.

Sa grand-mère l'accompagnait régulièrement chez le glacier, l'été où il était venu en visite.

En visite… C'était l'expression que ses parents avaient employée pour définir son séjour chez ses grands-parents. Du haut de ses douze ans, Ben avait parfaitement compris la raison de cet éloignement. Ils voulaient tous deux être tranquilles pour régler leur procédure de divorce.

Plus tard, il avait mesuré le bien-fondé de ces vacances, survenues après des mois où il avait servi de tampon entre son père et sa mère qui s'entredéchiraient. Ces deux mois d'été lui avaient permis de respirer.

Il s'allongea sur le lit. Le souvenir de ses grands-parents le plongeait dans une profonde tristesse. Suite à ces vacances bénies, il ne les avait plus revus. A chacun de ses anniversaires et à Noël, ils lui envoyaient une carte et des cadeaux, mais il n'avait jamais été autorisé à les appeler. Son père s'était brouillé avec eux pour d'obscures raisons.

Après son départ à l'université, Ben les avait appelés une ou deux fois, mais dès qu'il les avait eus au bout du fil, il n'avait pas su quoi dire. En dépit de leur gentillesse, ils demeuraient pour lui des étrangers.

Apprendre qu'ils avaient fait de lui leur héritier l'avait stupéfait. Son père aussi d'ailleurs. La nouvelle l'avait mis dans tous ses états.

Pour Ben, la colère de son père ne se justifiait pas. Après tout, il ne faisait que recevoir la monnaie de sa pièce. Ben changeait de conversation dès que Dale Hollister abordait le sujet. D'ailleurs, depuis le décès de ses grands-parents, ils ne s'étaient revus qu'une fois — c'était l'avantage d'habiter dans des états différents - et ils s'appelaient rarement.

Quant à sa mère, elle était trop occupée avec sa nouvelle conquête pour se préoccuper du sort de son fils. Ben espérait que ce mariage serait le bon. Penny Hollister-Ulacher-McDonald-Schlitz avait tendance à tomber amoureuse de types peu fiables, dont son propre père.

Il n'avait pas dit à Nora qu'il se souvenait très bien d'elle.

La jeune femme l'avait décontenancé par son attitude arrogante. Physiquement, elle était différente, mais son tempérament n'avait pas changé. Si enfant, son aplomb avait forcé son admiration, aujourd'hui il avait mal supporté la façon dont elle l'avait abordé.

Il avait donc fait la sourde oreille, quand elle l'avait tutoyé, ce qui n'était pas plus mal. Dans la mesure où il devenait son client, il n'avait pas envie de tout mélanger. Le souvenir de leurs caresses maladroites devait rester dans la crique à jamais.

La sonnerie de son BlackBerry interrompit le cours de ses pensées. C'était un message de sa secrétaire.

« Franklin ne veut personne d'autre que vous sur le dossier Wallace. Désolée. »

Wallace contre Wallace. L'histoire classique d'un mariage qui se termine en tragédie, avec un enfant comme dommage collatéral.

Ben posa son BlackBerry sur le lit et s'efforça de garder son calme. L'affaire Wallace était un de ces dossiers qu'il redoutait.

Ed Wallace était un type abominable. Malgré une très grosse fortune amassée en peu de temps, il refusait de donner le moindre cent à son épouse, qui n'avait pourtant pas hésité à sacrifier sa carrière au bénéfice de son ascension sociale à lui.

Aujourd'hui, elle se retrouvait dans la situation de ces femmes quinquagénaires qui se voient répudiées quand leurs hommes d'affaires de maris, grisés par le succès, préfèrent se tourner vers de jeunes et jolies jeunes femmes. Ni laide ni âgée, plutôt gironde et dynamique, Mme Wallace n'intéressait plus son goujat de mari. Et Franklin, le patron de Ben, tenait à ce que ce soit lui qui prenne le dossier en mains.

Il passa une main nerveuse dans ses cheveux. Le cabinet Franklin, Mills & Donovan était un des plus prestigieux de San Francisco, mais Ben en avait par-dessus la tête de défendre ce genre de dossiers.

Il y avait des victoires amères, et lorsque certaines mains venaient serrer la sienne, il avait parfois l'impression de perdre de son humanité.

Le jour où il ouvrirait son propre cabinet, il éviterait de défendre des milliardaires prêts à mettre leurs épouses sur la paille. Il préférait gagner moins d'argent et pouvoir se regarder dans la glace sans avoir à rougir de son métier.

Si la BMW lui avait appartenu, il l'aurait revendue sur-le-champ. Mais c'était celle de son père. Il la lui avait prêtée pendant qu'il séjournait sur la côte Est.

Grâce à son quatrième mari, sa mère était devenue riche. Pourtant, il n'était pas question d'aller frapper à sa porte, même pour un emprunt. Il préférait faire des heures supplémentaires plutôt que demander une aide financière à une mère qui n'avait jamais été capable de lui donner de l'amour.

Ses amants avaient plus compté pour elle que son propre fils.

Et même en admettant qu'il ravale sa fierté et ose lui demander la somme dont il avait besoin, il n'était pas certain que son nouvel époux soit disposé à financer le projet professionnel de son beau-fils.

Ben soupira en se frottant le menton. Son avenir entier dépendait de la vente de la maison de ses grands-parents.

Et la vente reposait sur les compétences et le bon vouloir de Nora Simmons…

Chapitre 2

— Vous verrez, madame Pruitt, ces azalées seront magnifiques d'ici à un mois…

Nora recula pour mieux admirer ses plantations.

Appuyée sur sa canne, la vieille dame avait du mal à respirer. Elle fit cependant un sourire très doux à la jeune femme.

— Heureusement que tu es venue, mon petit.

— J'ai mélangé les coloris et tout va parfaitement s'harmoniser avec les autres fleurs.

— Je te fais confiance.

Soudain, Nora vit son sourire vaciller.

— Je regrette tellement de ne plus pouvoir planter mes fleurs moi-même. J'adorais jardiner… C'est dur de vieillir !

— Ne vous en faites pas, madame Pruitt, vous avez encore le plaisir de les regarder pousser et fleurir.

— Tu as fait du beau travail.

— Merci. Venant d'une jardinière comme vous, le compliment me va droit au cœur.

Nora brossa la poussière qui était restée sur son vieux jean délavé.

— Je vais vérifier le système d'arrosage.

Elle revint quelques minutes plus tard.

— Voilà c'est fait. Vous n'aurez plus à y penser. Le programmateur le fera à votre place.

La vieille dame joignit les mains.

— La modernité a du bon, quand même !

Nora adapta son pas à celui de sa cliente et les deux femmes remontèrent lentement l'allée du jardin.

— Tu penses à tout, Nora…

— Oh non, pas à tout.

Si elle avait installé le système d'arrosage plus tôt, le premier massif d'azalées ne serait pas mort desséché par le soleil. Et aujourd'hui, il resplendirait de toutes ses couleurs.

Comme si elle devinait ses pensées, la vieille dame se rembrunit.

— Ça me désespère de les avoir laissées dépérir. Ce vieux corps n'est plus capable de rien.

— Vous n'y êtes pour rien ! Les premiers plants étaient sans doute un peu faibles. Les nouveaux sont beaucoup plus vigoureux. Je les ai achetés dans une autre jardinerie.

Ce n'était pas tout à fait vrai, mais ce léger mensonge valait bien le sourire soulagé de Mme Pruitt.

— Bon, si tu le dis…

La main frêle veinée de bleu se posa sur la poignée de la porte de la véranda.

— Tu entres boire un thé glacé ?

— Non merci, pas aujourd'hui, je n'ai pas le temps.

Elle jeta un œil à sa montre. 9 heures ! Elle était en retard.

— J'ai rendez-vous avec un nouveau client. Ce sera pour une autre fois, si vous voulez bien.

— Oui, bien sûr, mon petit. Je te verrai au Club des Anciens ?

Nora fit mine de prendre un air scandalisé.

— Et comment ! Pour rien au monde je ne manquerais le tournoi de loto. Je tiens à le gagner, ce four à micro-ondes !

La vieille dame poussa un petit gloussement amusé.

— Très bien, à mercredi alors…

La vieille dame disparut dans la maison. Nora prit encore quelques minutes pour ranger ses outils, puis elle inspecta brièvement sa tenue. Elle n'était pas très présentable, mais elle n'avait plus le temps de passer chez elle se changer. Et après tout, Ben Hollister était un client comme les autres. Un client avec des yeux magnifiques, certes, mais un client quand même.

Elle serait comme elle serait. Elle ne passait pas ses journées dans un bureau aseptisé. Elle travaillait la terre. Il était donc normal qu'il en reste des traces sur ses vêtements et dans ses cheveux.

Dans ses cheveux ? Zut !

Elle secoua la tête, en retirant la boue séchée sur ses mèches blondes. Elle se réjouissait d'imaginer la bouche aristocratique de Ben s'incurver en une moue suffisante, devant son accoutrement de campagnarde.

Une fois son matériel stocké à l'arrière du camion, elle prit la direction du vieux quartier.

Elle avait du mal à associer l'adulte imbu de lui-même que Ben était devenu, au garçon naturel et timide, un peu maladroit de la crique. C'était incroyable comme les gens pouvaient changer ! Dans trente ans, serait-il chauve et voûté comme son grand-père ? Une chose était certaine, cependant, jamais il n'aurait le charisme et la générosité de B.J. Hollister.

Nora gara son pick-up au pied de la colline, attrapa son bloc-notes et se dirigea à pied vers la villa.

Ben Hollister l'interpella du balcon.

— Vous êtes en retard !

Il avait prononcé ces mots avec une autorité qui n'admettait pas de réplique. Elle jugea inutile de s'excuser, même s'il avait raison. De fait, elle avait bel et bien sept minutes de retard.

Lorsqu'elle se rapprocha de lui, il prit un long moment à détailler sa tenue, mais ne fit aucun commentaire. A la grande déception de Nora, son visage resta de marbre, n'exprimant ni désapprobation ni surprise.

« Nora, tu es venue chercher la bagarre, on dirait ! »

Ce genre de gamineries ne faisait pas partie de ses pratiques habituelles, mais Ben Hollister avait apparemment le don de réveiller ses vieux démons, ce qui ne présageait rien de bon pour leurs relations futures.

Cela dit, elle voulait bien concevoir que pour un citadin qui devait courir après le temps, sept minutes équivalaient probablement à une heure pour les gens d'Emmett's Mill.

— Bon, nous commençons ? demanda-t-elle.

S'entendre parler lui rendit confiance. Elle retrouvait le ton professionnel dont elle usait avec n'importe quel client.

— Oui. Allons-y…

Sur ces mots, il descendit la volée de marches du perron. Il se mouvait avec l'élégance d'un félin. Il ne portait pas de veste, juste une chemisette blanche sur son pantalon de lin beige.

Elle le suivit sans un mot dans le jardin.

— Hier, après votre départ, j'ai appelé l'agence qui m'a confirmé que la maison se vendrait sans problème avec un jardin rénové par vous.

Nora se pencha pour arracher un chardon qu'elle jeta sur ce qui restait encore visible de l'allée centrale. Jardin refait ou pas, le prix de la propriété serait bien trop élevé pour les habitants d'Emmett's Mill.

Avant que B.J. et Corrinda n'en fassent l'acquisition, la villa était restée inhabitée pendant dix ans. Et bien que ce fût une magnifique demeure, elle présentait les inconvénients classiques d'une maison ancienne qui demande un entretien régulier. Sans compter qu'en six mois, la maison avait subi beaucoup d'avaries. Pour reprendre l'expression de son nouveau propriétaire, c'était un gouffre financier.

Nora avait décidé qu'en souvenir de ses vieux amis, elle s'investirait avec passion pour rendre ses charmes à leur beau jardin. Elle l'aurait même fait à prix coûtant, si leur petit-fils n'avait pas été aussi désagréable. Mais c'était lui faire trop d'honneur. Il ne le méritait pas. D'ailleurs, comme la BMW qui se profilait élégamment dans l'allée tendait à le prouver, il ne manquait pas de moyens.

Elle leva les yeux au moment où Ben arrachait une

rose de sa tige. Les pétales se détachèrent du pistil et voletèrent sur le sol, emportés par la brise du matin.

— Ces rosiers sont les premiers dont je souhaite me débarrasser.

— Ah ? Et pourquoi ?

— Je hais les roses.

Nora leva les yeux au ciel.

— Que leur reprochez-vous ?

Il haussa les épaules

— Surfaites.

— Comment une fleur peut-elle être surfaite, surtout les roses ?

— Ce n'est pas la fleur en soi, mais ce qu'elle représente.

— C'est-à-dire ?

— Les roses sont des clichés. Quand je les regarde, je vois l'amoureux transi qui fait sa déclaration à sa belle ou le mari adultère qui cherche à se faire pardonner. Et tant de balivernes ont été écrites au nom de ces pauvres fleurs !

— Les roses portent en elles le symbole du raffinement en parfaite osmose avec la classe de cette demeure. Et puis, il existe tellement de variétés.

Une ombre passa brièvement sur le visage de son interlocuteur. Nora n'eut pas le temps d'en saisir le sens. De la douleur ?

— Pour moi, elles sont toutes pareilles, dit-il, en la fixant de ses yeux verts.

Apparemment, il ne connaissait pas les variétés hybrides de roses anciennes ni de Zéphirine ou de Colonial White.

Elle plongea le nez dans son carnet, retenant à grand-peine la réflexion qui lui venait aux lèvres. Avec un individu aussi inculte et obstiné, toute discussion devenait inutile.

Elle ne la retint pas longtemps.

— Si les roses sont vulgaires, quelles fleurs est-ce que vous offrez à votre petite amie ?

— Je n'offre pas de fleurs, dit-il avec un grand sourire.

— Jamais ?

— Jamais.

La jeune femme renifla, traversée de compassion pour toutes ces jeunes femmes inconnues qui avaient succombé à son beau sourire, pour se heurter ensuite à son cœur de pierre.

— Quelle âme romantique ! Vos petites amies apprécient ?

Même si elle n'avait pas du tout envie de plaisanter, Ben accueillit sa remarque avec un petit rire très séduisant qui fit frissonner la jeune femme.

— Aucune ne s'en est plainte…

La lueur espiègle qui dansait dans ses yeux laissait

deviner sans peine quel fieffé séducteur se cachait derrière ses manières de gentleman.

Elle lui dédia un sourire douceâtre, volontairement mielleux.

— Vous avez déjà réfléchi au fait que vos anciennes conquêtes — et je n'ai aucun mal à imaginer qu'elles sont nombreuses — pourraient un jour se croiser et se raconter vos travers ?

Il abandonna ses airs supérieurs, mais sa voix garda toute son assurance :

— Il y a fort peu de chances. Toutefois, je trouve l'idée amusante.

Lui arrivait-il de baisser sa garde ? Aucune des flèches qu'elle lui décochait ne semblait l'atteindre.

— Corrinda adorait les roses, vous savez. Elle leur vouait une véritable passion.

Devant le visage impassible de Ben, elle chercha des arguments plus convaincants.

— Avant qu'elle ne souffre de rhumatismes, ses roses étaient les plus belles de la région. Ses massifs étaient même devenus une curiosité locale. On venait de loin pour les admirer. En visites organisées, même !

— Vraiment ?

Une expression rêveuse adoucit brièvement son regard, mais il se reprit aussitôt.

— Peu importe puisque je ne garderai pas cette

maison. Vous pensez que je la vendrai mieux, si je conserve ces rosiers ?

Nora contint un soupir et se contraignit au calme pour répondre :

— Mon opinion c'est que vous devriez les garder, ne fût-ce que par respect pour votre grand-mère, commença-t-elle en appuyant sur les derniers mots.

Un court silence s'installa, durant lequel elle se retint pour ne pas lui jeter à la face ce qu'elle pensait de son ingratitude.

— Bon, reprit-elle, excédée, est-ce qu'il y a d'autres fleurs interdites dans votre liste ?

— Expliquez-moi un peu à quoi servent les fleurs.

Cette fois, la jeune femme exhala un long soupir découragé.

— Elles apportent de la couleur, de la lumière, de la gaieté. Quand elles sont bien entretenues, c'est un véritable plaisir des yeux.

Il n'y avait décidément rien à attendre de cet homme qui n'entendait rien à la nature. Pire : sous ses airs de prince héritier, il n'avait aucun goût pour le raffinement.

— Vous venez de répondre à la question que je me posais, dit-il.

— Ah oui ? Laquelle ?

— Qui les entretiendra ? J'ai autre chose à faire que

venir les arroser, les tailler ou encore désherber. Si la maison ne se vend pas avant plusieurs semaines, vous imaginez leur état d'ici là, avec cette sécheresse ? Le jardin se retrouvera comme il est actuellement. Si c'est pour revenir à la case départ, je ne vois pas l'intérêt de planter des fleurs.

— Il existe des systèmes d'arrosage avec programmateur.

— Ces systèmes doivent coûter une fortune. Je pensais plutôt à tout recouvrir de gravier et planter quelques cactus.

Nora fit la grimace.

— Quelle horreur !

— Pourquoi quelle horreur ?

— Ce serait un crime de gâcher cette belle maison avec du gravier et des cactus !

— En tout cas ce sera plus propre et facile à entretenir. J'engage quelqu'un pour arracher l'herbe, je fais livrer les graviers et pas besoin d'arrosage !

— Pas besoin de moi non plus ! Alors au revoir, monsieur Hollister…

Elle pivota sur les talons.

— Attendez !

— Vous savez ce que vous voulez, oui ou non ?

Il ébaucha un semblant de sourire.

— C'est juste que… je n'aime pas votre ton.

— Drôle de coïncidence : je n'aime pas votre attitude.

Ils se mesurèrent du regard durant une poignée de secondes. Nora finit par rendre les armes. L'idée de voir ce jardin recouvert de gravier la désolait trop.

— Ecoutez, faites-moi confiance. Je vous promets de rendre à sa maison tout le panache qu'elle mérite.

A son expression, elle crut qu'il allait protester, mais il ne dit rien. Au contraire, il acquiesça d'un petit hochement de tête.

Satisfaite de ce premier point, Nora décida de passer à l'étape suivante : le coût de sa prestation.

— Pour le règlement je vous demanderai dix mille dollars, dont la moitié payable d'avance.

Les yeux de Ben s'écarquillèrent.

— Dix mille dollars !

— Cette somme comprend tous les frais et les extras au cas où vous changeriez d'avis.

— Je ne changerai pas d'avis.

Nora haussa les épaules.

— Dix mille dollars, payables en deux fois. La moitié à la commande, le reste à la fin des travaux. C'est à prendre ou à laisser.

Il soupira.

— Entendu, mais ne venez pas me réclamer un cent de plus pour quelque raison que ce soit.

— Vous réglez par chèque, ou carte bancaire ?

— Par chèque…

Elle sourit.

— Du moment que ce n'est pas un chèque en bois.

— Ce n'est pas mon genre de faire des chèques en bois, marmonna-t-il.

De la poche intérieure de sa veste, il sortit un élégant étui en cuir.

Nora le regarda remplir son chèque en pensant qu'il n'était pas permis à tout le monde de pouvoir régler une telle somme rubis sur l'ongle. Elle-même gagnait très honnêtement sa vie, mais elle ne roulait pas sur l'or.

Ben Hollister avait les automatismes d'un homme aisé, ce qui n'était pas le cas de ses grands-parents, dont le seul bien était cette maison qu'ils avaient eu du mal à entretenir, mais qu'ils n'auraient vendue pour rien au monde, uniquement pour ne pas en priver leur petit-fils.

D'un geste d'homme d'affaires, il lui tendit le chèque qu'elle plia en deux et glissa dans la poche arrière de son jean.

— Quand pensez-vous commencer ? lui demanda-t-il.

— Bientôt. Je vais d'abord prélever des échantillons pour vérifier le PH du sol. Ensuite, je prendrai les mesures et je tracerai mes plans. Quand comptez-vous revenir, que je vous les montre ?

— Pourquoi ne pas les envoyer par fax à mon bureau...

— Impossible. Je n'ai pas de fax. Et puis je préfère m'adresser à mes clients de vive voix pour discuter des détails.

Il n'y avait aucune raison qu'elle procède autrement avec lui. Elle ne possédait effectivement pas de fax et il était hors de question qu'elle se rende dans un bureau de poste pour ses beaux yeux.

— Mademoiselle Simmons, vous comprendrez que je ne peux me déplacer jusqu'ici sur un simple claquement de doigts. Je suis avocat, je suis débordé de travail et j'habite loin.

Nora réprima son envie de rire en imaginant Ben Hollister lui obéir au doigt et à l'œil. Mais en même temps, un sentiment de révolte la gagna à l'idée qu'il estimât que son temps à lui était plus précieux que le sien.

— Dans quel domaine est-ce que vous êtes, pour avoir autant de travail ?

Sa question le fit changer de physionomie et Nora se dit qu'elle venait de marquer un deuxième point.

— Affaires ? Immobilier ?

Il répondit entre ses dents :

— Affaires familiales. Divorces.

Ça lui allait comme un gant. Il devait être redoutable à la barre. La jeune femme voyait d'ci ses effets de manche devant les conjoints impressionnés.

— Affaires familiales ? Donc les droits de succession n'ont aucun secret pour vous, n'est-ce pas ?

Ben se redressa, l'œil méfiant. S'attendait-il à une question d'ordre juridique ? Ou craignait-il un nouvel assaut concernant la maison de ses grands-parents ?

— En général, je n'aime pas les avocats, mais B.J. m'a rendue plus tolérante à leur égard. Il avait toujours des friandises dans son bureau pour les enfants. Et il avait de l'humour, lui.

Elle le regarda droit dans les yeux.

— J'ai du mal à croire que vous appartenez à la même famille.

Il était tellement improbable que cet homme froid, fat et sans goût pût avoir un lien de parenté avec B.J. Hollister, si drôle, si chaleureux.

Il ignora sa remarque.

— Je verrai comment m'organiser avec mon planning. Je tâcherai de me libérer un jour de la semaine prochaine.

— Bien.

— Autre chose ?

— Non. Tout est en ordre. Ne vous inquiétez pas. Vous ne serez pas déçu.

— Je n'en doute pas.

L'espace d'une seconde, elle crut voir une lueur de sincérité dans son regard, mais celle-ci s'éteignit aussitôt.

— Très bien.

Elle hésita à lui tendre la main. Elle n'éprouvait aucune estime pour lui. Pourtant, elle faisait tout pour retarder le moment de la séparation.

— Au revoir, monsieur Hollister.

Pour se donner une contenance, elle chercha une carte, tout en sachant très bien qu'elle lui en avait déjà remis une la veille.

— Tenez.

— Merci.

Il prit la carte et leurs doigts s'effleurèrent. La jeune femme sentit une bouffée de chaleur lui monter aux joues. Elle s'empressa de retirer sa main.

Ben esquissa un sourire. Avait-il ressenti le même trouble ?

— Je vous rappellerai pour prendre rendez-vous, dit-il simplement.

Sur ces mots, il fit demi-tour et remonta les marches du perron.

La gorge sèche, Nora le vit disparaître dans la maison. Machinalement, elle regarda sa main avec une moue d'agacement, se maudissant d'être troublée par un homme qui n'en valait pas la peine.

Séduire les hommes n'avait jamais été son fort.

Elle se conduisait plutôt comme un garçon manqué. Pourtant, en présence de Ben Hollister, elle se sentait terriblement femme.

Avant de monter dans son véhicule, elle jeta un dernier regard à la maison, en se faisant le serment de ne jamais tomber dans les filets de ce séducteur-né.

Chapitre 3

Ben resta un moment immobile derrière la porte à écouter le pick-up s'éloigner.

La carte de Nora lui brûlait la main. Il éprouvait un vif malaise devant cette situation tout à fait inattendue et paradoxale : la jeune femme l'exaspérait et pourtant, il était irrémédiablement attiré par elle.

Il émanait de sa petite personne une énergie sauvage, imprévisible, presque dangereuse. En général, les épreuves de la vie se chargeaient d'arrondir le caractère. Pas chez elle. Elle semblait avoir gardé intacte la vivacité de son enfance.

Ben glissa la carte dans son portefeuille. Mieux valait ne pas trop penser à cette femme. Pour se donner le change, il entreprit de faire le tour de la maison.

Les pendules qui couvraient les murs du salon étaient toutes arrêtées, comme si le temps était suspendu, depuis la mort de ses grands-parents.

Il se souvenait très bien de cette passion de son

grand-père pour les horloges anciennes. Lors de son séjour à Emmett's Mill, les premières nuits, il se réveillait toutes les heures quand se déclenchaient les carillons et les coucous. Il lui avait bien fallu une semaine pour s'habituer à ce vacarme. Et puis, une nuit, il avait dormi sur ses deux oreilles et c'était fait, il ne les entendait même plus.

Il y avait des horloges de toutes les dimensions. La plus impressionnante, et celle qu'enfant il avait préférée entre toutes, était une comtoise posée à même le parquet. Elle venait de France. Le cadran était en bronze ciselé. Le fronton en laiton coulé représentait une scène de moisson.

Aujourd'hui rien, même pas un tic-tac, ne venait rompre le silence profond qui régnait dans la maison. Revoyant les gestes de son grand-père, Ben tira doucement sur les deux poids. Les rouages bougèrent sans grincer en dépit de leur âge. Il donna une légère secousse au balancier et le mouvement se déclencha. Le tic-tac reprit son rythme régulier, redonnant vie au grand salon.

Ben sentit l'émotion l'envahir. Il n'avait pas connu longtemps son grand-père, mais la mémoire de ce cérémonial et de l'amour que le vieil homme témoignait à ses horloges demeurait intacte.

Avec ses yeux d'adulte, il s'aperçut bientôt que

certains modèles étaient très anciens. Sans être un expert, il ne doutait pas de leur grande valeur.

L'idée de les faire estimer par un antiquaire lui traversa l'esprit. En les vendant aux enchères, il pourrait en tirer une jolie somme. Pourtant la perspective de se séparer de la précieuse collection de son grand-père lui glaça le sang. Mais s'il les conservait, toutes ces horloges, où les rangerait-il ? Il n'avait pas la place suffisante dans son appartement de San Francisco.

Il allait lui falloir aussi décider pour le mobilier. Fallait-il le vendre avec la maison ? Certains éléments avaient souffert comme le canapé de cuir, trop longtemps exposé aux rayons du soleil, que les voilages blancs de la grande baie vitrée ne suffisaient pas à filtrer.

D'une façon générale, cependant, mis à part le plancher de chêne qui avait grand besoin d'être poncé et reverni, l'intérieur de la maison était moins délabré qu'il ne le pensait. Il fallait refaire les peintures, certes, mais l'eau et l'électricité fonctionnaient normalement. En parfait état, la grande cuisine avait gardé son odeur caractéristique d'épices et de bois ciré.

Il n'eut aucune mauvaise surprise non plus du côté des sanitaires et des chambres. Les grandes armoires contenaient des piles de linge soigneusement rangé dont émanait un léger parfum de lavande.

La maison ne manquait pas de charme. Plus il la redécouvrait, plus les souvenirs affluaient.

Après ce bel été, son père avait refusé qu'il remette les pieds à Emmett's Mill et puis, avec les années, son envie de revenir s'était estompée. A présent qu'il se trouvait parmi les meubles et les objets personnels de ses grands-parents, il regrettait de ne pas avoir fait l'effort de reprendre contact avec eux, quand il était devenu adulte.

Selon toute évidence, ils manquaient de moyens, ce que Ben avait du mal à comprendre. Unique avocat de la ville, même petite, son grand-père devait avoir pas mal de clients.

Par la baie vitrée du séjour, il aperçut la crique en contrebas de la colline. L'eau du lac brillait sous le soleil. Les vaguelettes venaient mourir sur le sable au pied du rocher plat où il avait vu Nora la première fois.

Un coup d'œil à ses chaussures le dissuada de se risquer sur la pente qui dégringolait jusqu'à la crique. Il se demanda si la jeune femme venait toujours se baigner là.

Il s'éloigna de la fenêtre avant que d'autres idées saugrenues ne germent dans son esprit. Qu'est-ce qui lui prenait de s'attendrir sur ces vieilles horloges ou de frissonner en pensant au délicieux poison qu'il avait goûté ici à douze ans ?

Tout cela était bien loin et Nora n'était certainement pas femme à cultiver la nostalgie. Armée de sa furieuse énergie, elle avait dû tourner la page depuis longtemps.

Il poussa un long soupir ennuyé et quitta la maison. Après un dernier regard aux lieux où il avait été le plus heureux, il monta dans sa voiture.

Là-bas, dans la baie de San Francisco, sa vraie vie l'attendait.

Depuis le décès de leur mère, Missy Simmons, Natalie avait pris l'habitude de réunir régulièrement la famille autour d'un dîner chez leur père. Ces dîners étaient destinés non seulement à le réconforter mais aussi à le nourrir, la plus grande crainte de sa fille aînée étant qu'il se laisse mourir d'inanition. Natalie faisait ses courses et lui cuisinait des petits plats qu'elle se désolait de retrouver intacts dans le réfrigérateur.

Mais ce soir, ce n'était pas l'assiette de son père qui captait son attention. C'était le silence de Nora.

— Tu es bien silencieuse ce soir, lui dit-elle.

Nora leva la tête, prenant conscience qu'elle fixait ses carottes râpées depuis un bon moment et que les yeux de ses deux sœurs aînées et de leurs époux respectifs la scrutaient d'un air intrigué, presque inquiet.

— Tout va bien ?

Nora se tortilla sur sa chaise. Ses doigts trituraient un morceau de mie de pain.

— Oui…

Ce qui était faux, bien entendu. Depuis le matin, toutes ses pensées étaient orientées vers Ben Hollister. Elle ne cessait de se repasser le film de leur rendez-vous, en quête du moindre indice qui aurait prouvé qu'il se souvenait d'elle.

Se pouvait-il qu'il l'ait oubliée ?

Elle, ce premier baiser l'avait marquée à jamais. Tous les étés suivants, elle avait attendu le retour de Ben. De la crique, elle guettait les moindres allées et venues dans la propriété des Hollister.

La voix de Natalie lui parvint de loin.

— Janelle est passée à la librairie, il y a quelques semaines. Elle m'a dit que la villa des Hollister était en vente depuis quatre mois. Elle pensait qu'Evan et moi pourrions être intéressés. Je lui ai répondu que notre maison nous suffisait largement. Je me demande bien qui va l'acheter…

Gerald Simmons s'intéressa soudain à la conversation.

— Elle n'est pas facile à vendre.

Revenue sur terre, Nora approuva son père d'un signe de tête.

Justin, le bébé de Natalie, gesticulait dans les bras de sa mère qui finit par le poser sur les genoux de son époux afin d'aider l'aîné, âgé de trois ans, à couper son steak.

— C'est une maison magnifique, commenta-t-elle. Mais elle doit être très chère. Sans compter les travaux ! Je n'ai rien dit à Janelle pour ne pas la décourager, mais je ne vois pas qui irait se mettre de telles charges sur le dos.

— Quand les Hollister l'ont achetée, il y avait des années qu'elle était inoccupée, dit Gerald. A un moment, il était question d'en faire un musée historique, mais comme personne n'en prenait la responsabilité, elle est restée à l'abandon.

Comme il se levait, Natalie en fit autant, mais il lui fit signe de se rasseoir.

— Cesse de le materner ! grommela Nora entre ses dents, il se débrouille bien tout seul, tu vas le rendre fou à la fin !

— Je fais ce qu'il faut, répondit Natalie avec indignation. Je me fais du souci pour lui !

Tasha regarda Nora.

— Calme-toi, Nora. Natalie a raison. Papa est encore fragile. Qu'est-ce qui te préoccupe au point que tu sois d'aussi mauvaise humeur ?

La jeune femme hésita à répondre.

— Rien, dit-elle après un silence.

— C'est ton travail ?

Elle haussa les épaules.

— Plus ou moins…

Elle ne souhaitait pas entrer dans les détails. Ça l'aurait inévitablement amenée à parler de Ben et elle n'en avait pas envie.

« Et pourquoi pas ? » demanda une petite voix. Il n'y avait pas de quoi rougir. Ben et elle s'étaient embrassés à douze ans. Et alors ? La belle affaire !

Elle en avait embrassé d'autres ensuite. Sauf qu'aucun ne lui avait laissé de souvenir impérissable.

Natalie demanda à brûle-pourpoint :

— Tu te souviens de cet été où leur petit-fils était venu en vacances chez eux ? Ben, je crois…

Nora sursauta et fixa sa sœur d'un air ahuri.

Avait-elle deviné ? Une lueur malicieuse animait ses yeux noirs. Quant à Tasha, elle se pencha en avant, soudain très intéressée.

— Quand tu étais petite, poursuivit Natalie, tu aimais aller te baigner dans la crique, au pied de la villa, même si tu n'avais pas le droit de t'éloigner autant à bicyclette.

— Une vraie rebelle, la taquina Tasha.

Nora se défendit :

— Je n'étais pas la seule ! Qui escaladait le mur des Griffith pour leur voler des figues ? J'ai des preuves, attention !

Tasha pouffa de rire.

— Quelle époque !

Mais Natalie ne laissa pas la conversation dériver vers un autre sujet.

— Et je me souviens aussi d'un jour où tu étais rentrée la mine réjouie. Tu étais restée sur un petit nuage durant tout le dîner.

— Est-ce que tu es encore enceinte ? demanda sèchement Nora. La dernière fois que tu as eu ce genre de réflexion, tu attendais Justin.

— Non, je ne suis pas enceinte.

La jeune mère échangea un regard complice avec Tasha.

— Est-ce que vous vous êtes embrassés, Ben et toi ?

En voyant Nora rougir jusqu'aux oreilles, Tasha partit d'un éclat de rire. Natalie bondit sur sa chaise.

— J'en étais sûre ! J'en étais sûre ! Quel âge tu avais ? Neuf ans ? Dix ans ?

— Dix ans, marmonna Nora.

Elle aurait voulu disparaître dans un trou de souris. Elle fustigea Tasha d'un œil noir.

— C'est ta faute !

— Quoi ? Qu'est-ce que j'ai fait encore ? demanda cette dernière d'un air innocent.

— Josh et toi ne cessiez de vous embrasser devant moi ! Tu avais l'air de trouver ça tellement agréable qu'un jour j'ai voulu essayer.

— Tu nous espionnais ?

— Non, mais c'était difficile de vous éviter. Vous fréquentiez toutes mes cachettes secrètes.

— C'était le bon temps, dit pensivement Tasha.

— Tu l'as dit, renchérit Natalie.

Nora profita du vague à l'âme de ses sœurs pour débarrasser la table et aller changer d'air dans la cuisine.

Tout en rinçant les assiettes pour les ranger dans le lave-vaisselle, elle se dit qu'elle aurait du mal à cacher à sa famille l'identité de son nouveau client. Alors autant régler la question très vite.

— Bon, commença-t-elle, en revenant à table. C'est le petit-fils des Hollister, le fameux Ben, qui a hérité de la maison. Il m'a engagée pour remettre le parc en état.

Natalie fronça les sourcils.

— Tu veux dire que c'est leur propre petit-fils qui aurait mis la maison en vente ?

— Il a besoin d'argent, dit Nora, en se demandant ce qui pouvait bien la pousser à le justifier. Il est avocat et il projette d'ouvrir son propre cabinet à San Francisco.

— Ses grands-parents doivent se retourner dans leur tombe, dit Natalie.

— C'est bien mon avis. J'ai essayé de lui faire comprendre, mais apparemment, les affaires passent avant tout.

Après une minute de réflexion, elle ajouta :

— Enfin, ça le regarde. De toute façon, il aura du mal à la vendre.

— Dès que tu seras passée par là, les amateurs de belles maisons victoriennes vont se précipiter pour l'acheter, fit remarquer Tasha.

— Je n'en suis pas sûre. Comme l'a dit papa, cette maison est restée inoccupée des années avant que les Hollister ne l'achètent. C'est une maison qui convient plutôt à de riches retraités qui souhaitent se retirer à la campagne. Pas à un jeune couple ni à une famille.

— Tu as expliqué tout ça à Ben ?

— Non.

— Tu aurais dû. C'est une information importante pour lui.

Nora redressa le menton.

— Je n'ai pas envie de lui rendre service.

— Et pourquoi ?

— Parce qu'il n'est jamais revenu voir ses grands-parents, alors que c'est leur seul petit-fils. Je n'ai pas envie d'être serviable avec ce genre de personnage. Qu'avait-il à leur reprocher ? C'étaient les gens les plus généreux de la terre, contrairement à lui.

— Il t'emploie, Nora. Tu n'as pas à le juger. Tu es à la limite de la faute professionnelle…

— Et si j'achetais la maison ?

Cette idée lui trottait dans la tête depuis le matin,

mais elle n'avait pas encore osé se l'avouer. Le fait de le formuler à voix haute lui donnait soudain une réalité.

— J'ai toujours aimé cette maison.

— Et tu aurais les moyens de te la payer ?

Nora fit la grimace.

— Hum… pas tout de suite. J'y verrai plus clair quand j'aurai touché mes honoraires pour ce travail.

« Et pour quelques autres… »

— Nora…, commença Natalie sur le ton que la jeune femme détestait le plus.

Quand elle prenait ce ton-là, Nora avait l'impression que sa grande sœur la considérait toujours comme un bébé, malgré ses trente-deux ans.

— C'est une folie, Nora. Qu'est-ce qui te prend ? Je ne t'ai jamais entendue tenir des propos aussi extravagants… sauf la fois où…

— Où quoi ? demanda Tasha. J'ai raté un épisode ?

— Merci, Nat, c'est sympa ! Si toi, tu n'aimes pas qu'on répète que tu t'es retrouvée enceinte après avoir couché une fois avec ton moniteur de canoë, peut-être que je ne tiens pas non plus à me vanter d'avoir couché avec un client, qui se trouvait être marié.

— Oui mais moi, je l'ai épousé, mon moniteur de canoë, rétorqua Natalie, et ne monte pas sur tes grands chevaux, s'il te plaît. C'est un secret de Polichinelle ton histoire. Et puis en matière de commérages, ce n'est pas à toi à venir donner des leçons.

Natalie se tourna vers Tasha.

— A ton avis, pourquoi est-ce que Nora adore toutes ces vieilles dames du Club ? Parce qu'elles ont la langue bien pendue, comme elle.

— Ce sont de charmantes personnes, bien plus intéressantes que la plupart des gens, protesta Nora.

— Un homme marié ? la taquina Tasha. Raconte !

— Non !

Nora retourna dans la cuisine pour prendre une bière dans le Frigidaire, mais elle n'en trouva pas.

— Où est la bière ? cria-t-elle à sa sœur.

— Papa n'a pas besoin de ça, lui répondit Natalie. Je n'en achète plus.

Nora griffonna rageusement sur le bloc-notes des courses. Elle irait acheter de la bière pour son père. Le pauvre homme avait déjà perdu sa femme. On n'allait pas en plus le priver de sa bière !

A son retour, elle trouva Natalie et Tasha en pleine conversation. Elles parlaient de Griffin, bien sûr.

— Il ne m'avait pas dit qu'il était marié et il ne portait pas d'alliance. Comment est-ce que je pouvais deviner ?

La simple évocation de Griffin ravivait une blessure à peine refermée. Ce n'était pas une blessure d'amour, même si elle l'avait sincèrement aimé et qu'elle avait cru en un avenir possible avec lui. Le plus douloureux restait l'humiliation qu'elle avait subie le jour où elle s'était retrouvée face à face avec sa femme.

Tasha, qui avait senti la tension de Nora, essaya de changer de conversation. En vain.

Nora avait envie de rentrer chez elle. Elle qui avait déjà hésité à venir... Mais Natalie se montrait intransigeante, dès qu'il s'agissait de ces dîners chez leur père. Nora avait accepté pour avoir la paix et parce qu'elle aimait voir ses neveux. Leur compagnie la comblait de bonheur. Après l'échec de sa relation avec Griffin, elle s'était dit qu'elle resterait célibataire et qu'elle chérirait ses neveux comme ses propres enfants.

— Explique-moi pourquoi tu ne supportes pas Ben Hollister, continua Natalie.

Quelle réponse donner, sans trahir le trouble que Ben avait éveillé en elle ?

— B.J. et Corrinda étaient des personnes formidables qui ne juraient que par lui. Ils parlaient tout le temps de lui. Ils étaient si fiers de le voir fréquenter Harvard ! Et lui, il n'a jamais daigné leur rendre visite. Ses grands-parents sont morts sans le revoir.

— Il n'a pas eu le temps, peut-être ? suggéra Tasha.

— Il n'a pas pris le temps, devrais-tu dire. Pour lui, c'était comme s'ils n'existaient plus.

— Qu'est-ce que tu en sais ?

— Dans ce cas, pourquoi n'est-il jamais revenu ? Même pas un signe, rien.

— Tu veux mon avis ? demanda Natalie.

— Non.

— Je te le donne quand même. Je pense que tu devrais lui conseiller un autre paysagiste. Si tu n'éprouves aucune estime pour lui, ton travail s'en ressentira.

Nora regarda sa sœur. Quand cesserait-elle de lui faire la leçon ?

— Qui a dit qu'il fallait aimer ses clients pour faire du bon travail ? Je ferai ce que j'ai à faire. Je suis quelqu'un de consciencieux. Il me paiera et tout ira bien.

— Si c'est aussi simple, pourquoi tu fais cette tête ?

— Je ne fais pas de tête.

— C'est ça ! Avoue plutôt que ce garçon ne te laisse pas indifférente et que c'est ça qui te pose un problème.

— C'est ridicule, qu'est-ce que tu vas chercher ? Si tu le connaissais, tu serais d'accord avec moi : ce type est un prétentieux qui se croit sorti de la cuisse de Jupiter.

« Avec un physique de rêve, des yeux fascinants,

des lèvres sensuelles faites pour embrasser », continua-t-elle mentalement.

— Bref, ce n'est pas mon type, mentit-elle.

Le sourire entendu de Natalie faillit la faire sortir de ses gonds.

— Je suis d'accord avec Natalie, dit alors Tasha, je crois que tu devrais passer la main. Comment veux-tu rester objective et faire du bon travail si tu éprouves autant d'animosité envers ton client ? Tu as besoin de toute ta tête pour te concentrer, pas de laisser tes émotions prendre le dessus.

— Oh, vous me cassez les pieds, toutes les deux !

La vérité, c'est que s'il s'était agi d'une autre personne, elle aurait donné raison à ses sœurs. Mais avec Ben, les choses s'avéraient bien différentes. Durant toutes ses années d'adolescence, elle avait nourri l'espoir qu'il reviendrait. A force d'attente, cet espoir s'était mué en déception, faisant naître en elle un ressentiment dont la démesure lui échappait. Que voulait-elle prouver avec ce contrat ? Avait-elle envie de se venger ou espérait-elle le voir revenir vers elle ?

Elle ne savait plus où elle en était et ne se voyait pas l'avouer à ses sœurs.

— B.J. et Corrinda méritaient un peu plus d'attention de la part de leur unique petit-fils, s'obstina-t-elle, et si j'ai accepté ce travail, c'est pour eux.

— Bon, admettons, mais ne le juge pas sans rien connaître de sa vie, conseilla Tasha, il a certainement ses raisons. Comment a-t-il réagi quand il t'a revue ?

Nora se sentit rougir.

— Il ne se souvenait pas de moi.

Les yeux de Natalie s'arrondirent de stupéfaction.

— Il ne se souvenait pas de toi ? Difficile à croire. Toi, soit on t'aime soit on te déteste, mais on ne t'oublie pas.

Nora haussa les épaules.

— Il n'a rien dit et je n'ai pas jugé utile de lui rafraîchir la mémoire. Qu'il ne m'ait pas reconnue physiquement, je le conçois, mais mon nom ne l'a pas fait réagir non plus.

« Et moi toutes ces années qui me rejouais la scène du baiser, en me racontant qu'il en était de même pour lui, qu'il attendait d'être majeur pour venir me retrouver. Quelle idiote ! »

— De toute façon c'est mieux ainsi. C'est aussi bien pour nous deux de ne pas mêler les souvenirs d'enfance et le travail. Nous sommes dans une indifférence réciproque.

— Pourquoi est-ce qu'il t'a engagée, à ton avis ?

— Parce que je suis la meilleure.

Natalie soupira.

— A moins qu'il ne t'ait choisie exprès, en connaissance de cause…

— C'est exactement ce que j'étais en train de penser, renchérit Tasha.

Nora regarda ses deux sœurs l'une après l'autre.

— Vous croyez ?

— Et s'il t'avait reconnue mais qu'il préfère ne pas en parler ?

— J'avoue que je me suis posé la question. Au début, j'ai trouvé bizarre qu'il ne me remette pas, puis voyant que rien ne se passait, je n'ai pas voulu nous embarrasser avec les évocations du passé.

Tasha se mit à rire.

— Ou c'est le contraire. Il craignait que parler du passé ne crée un malaise entre vous, alors que vous étiez sur le point de conclure une affaire. Ça ne m'étonnerait pas. Puisque ça te gênait toi, pourquoi pas lui ?

Les doigts de Nora tambourinaient sur la table. La théorie de Tasha tenait debout, ce qui ne la rassurait qu'à moitié. S'il l'avait reconnue, il pouvait au moins faire une allusion. Dire quelque chose de léger, en passant. Son indifférence était vexante.

***

Ben appréhendait la réaction de son client, qui ne se fit pas attendre.

Ed Wallace balaya l'air de la main, excédé.

— Certainement pas ! Si j'accepte ça, je devrai payer une pension alimentaire jusqu'à la fin de mes jours. Vous vous rendez compte ? Tant que vous y êtes, donnez-lui mon yacht !

Ben fit un effort pour rester calme.

— Votre épouse a accepté ma proposition qui est tout à votre avantage. Si vous refusez de vous entendre à l'amiable avec elle, vous irez devant les tribunaux, ce qui vous coûtera beaucoup plus cher. Vous me payez pour vous conseiller et vous ne m'écoutez pas !

— Je vous paie pour ne pas dire adieu à ce que j'ai mis vingt ans à gagner pendant que ma femme se tournait les pouces.

Ben planta ses yeux d'acier dans ceux de son client. Ginny Wallace se montrait plus qu'indulgente envers son ex-mari, mais lui ne voulait rien lui laisser. L'homme était stupide au point de risquer de tout perdre plutôt que de trouver un arrangement.

— Aujourd'hui, votre capital atteint dix millions de dollars. Il y a vingt ans, alors que vous étiez serveur dans un petit restaurant d'Oakland, vous avez rencontré Ginny qui a quitté le collège et s'est mise à travailler afin que vous puissiez poursuivre vos études et obtenir votre master en école de commerce. Si vous allez au tribunal, c'est ce que retiendront les juges. Vous perdrez le procès et vous pourrez dire adieu à votre précieux yacht.

— Ce n'est pas une sainte non plus…

— Peut-être, mais devant un tribunal, c'est elle qui obtiendra gain de cause. Dans un Etat comme celui de Californie, les juges n'apprécient pas beaucoup ces époux qui, arrivés à un certain âge, laissent leur femme pour un tendron. On vous a vu partout en ville avec cette jeune blonde accrochée à votre bras, sablant le champagne dans les plus grands restaurants. Comment voulez-vous que le tribunal soit clément ?

Le visage de Wallace vira au cramoisi. Il desserra sa cravate.

— J'ai choisi votre cabinet parce que vous êtes les meilleurs. Et j'étais content d'apprendre que ce serait vous qui vous occuperiez de mon divorce. Je sais que vous avez sorti Harold Crimshaw des griffes de sa femme alcoolique. Aux dernières nouvelles, tout ce qu'il avait à lui verser, c'était une pension d'à peine cinquante mille dollars par an.

Le sang de Ben se glaça dans ses veines. Il serra dans la poche de sa veste le poing qu'il aurait volontiers envoyé dans la figure de son client.

L'ombre de Sherry Crimshaw le hantait à chaque fois qu'il pénétrait dans un tribunal pour y défendre un de ces milliardaires qui cherchaient à divorcer à moindres frais.

Ed Wallace avait raison. Grâce à Ben, Harold Crimshaw, crapule notoire, avait remporté son procès contre sa femme handicapée. Il clamait qu'elle était alcoolique et qu'elle était clouée dans son fauteuil roulant suite à une chute due à son état d'ivresse. Ben était parvenu à faire croire aux juges qu'Harold était un pauvre mari victime de sa femme alcoolique. Mais en gagnant ce procès, il avait perdu de son âme.

Et pour clore le tout, Dale Hollister s'était spécialement déplacé pour venir le féliciter. Ce regard de fierté que Ben avait espéré toute son enfance, il l'avait reçu pour sa plaidoirie la plus abjecte.

Ce jour-là, il s'était dit que tout ce qu'il avait hérité de son père, c'était sa capacité à abattre des innocents, pour faire triompher le mensonge et le vice.

C'était lors de moments comme celui-ci qu'il avait plus que jamais hâte d'ouvrir son cabinet.

Chapitre 4

Nora habitait une maison perchée sur les hauteurs de la ville, à la limite de la forêt d'acacias qui couvrait la montagne. Elle avait fait de son jardin un laboratoire dans lequel elle faisait pousser toutes sortes de fleurs, de plantes et d'arbustes, des espèces rares ou anciennes qu'elle tentait de réacclimater à la région.

Assise sur sa terrasse, Nora buvait une bière en compagnie de Sammy Halvorsen, son meilleur ami, et tous deux admiraient le coucher du soleil sur la ville. A l'ouest, les montagnes se découpaient en ombres chinoises sur l'horizon enflammé. Des arômes mêlés de thym, de romarin, de sarriette et de lavande embaumaient l'air du printemps.

Mais cet environnement, qui enchantait habituellement la jeune femme, et la conversation ne parvenaient à la libérer de son idée fixe.

Elle se tourna brusquement vers Sammy.

— Est-ce que je peux te poser une question indiscrète ?

Sammy termina sa bière avant de répondre :

— Vas-y.

Le cri rauque d'un faucon jaillit de la forêt et traversa l'air. L'écho se répercuta contre la falaise de Bald Rock. Nora attendit le silence pour parler.

— Est-ce que les garçons oublient la première fille qu'ils ont embrassée ?

— Non.

— C'est bien ce que je pensais. Je suis prête à parier qu'il s'en souvient parfaitement.

— Qui ça ?

— Ben Hollister.

— Ben Hollister ? Ce nom ne me dit rien. Il était à l'école avec nous ?

La jeune femme fit non de la tête.

— C'est un de tes clients ?

— Oui, entre autres…

Sammy tendit la main vers la glacière posée à côté de lui. Il en souleva le couvercle, sortit une autre bouteille et la décapsula.

— Tu as fini de jouer aux devinettes ?

Nora répondit par un long soupir.

— Tout va bien, Nora ?

— Oui… Il m'arrive un truc stupide. J'ose à peine te le dire.

Elle termina sa bière d'un trait. L'effet de l'alcool lui donnerait le courage de parler, non pas qu'elle fût gênée avec Sammy qui était plus qu'un ami, son alter ego, son complice de toujours.

Depuis leur plus tendre enfance, ils formaient un tandem inséparable. Ensemble, ils avaient fait les quatre cents coups et aujourd'hui, ils travaillaient ensemble. Sammy aidait Nora dans ses gros travaux de jardinage.

Ils ne manquaient jamais une occasion de discuter ou de refaire le monde. Chacun connaissait tout de la vie de l'autre. Ils ne se cachaient rien et surtout pas leurs déboires amoureux.

— Ben Hollister fait mine de ne pas m'avoir reconnue, marmonna-t-elle. Je n'y crois pas une seconde. Il veut me mettre à l'épreuve.

— Je ne comprends rien à ce que tu racontes, Nora !

— Toi, par exemple… Qui est la première fille que tu as embrassée ?

— Connie Villiandi, répondit-il sans hésiter. C'était bon. Elle avait des lèvres douces qui sentaient la fraise.

— Connie ? répéta Nora, stupéfaite.

La révélation et le sourire radieux de Sammy la laissèrent pantoise. Belle et fière, Connie était l'élève la plus courtisée du lycée.

— Eh bien, mon vieux, mes respects ! Connie ! Tu ne te refusais rien.

— Mais il ne s'agit pas de moi, Nora... Raconte-moi plutôt ce qui te travaille.

— Excuse-moi. Je suis complètement chamboulée avec cette histoire.

— Quelle histoire ?

— C'est compliqué.

— De ta part, j'en ai entendu d'autres. Allez, vas-y... Qu'est-ce qui se passe avec ce type ? Il te casse les pieds ? Tu veux que j'aille le calmer ?

Elle pouffa.

— Certainement pas. Nous n'en sommes pas là. Du moins pas encore.

— C'est quoi, alors ? Et puis qui c'est, ce Ben Hollister ?

— C'est mon dernier client. Ses grands-parents étaient les propriétaires de la grande villa victorienne à la sortie de la ville.

— Ce couple âgé qui s'est tué en voiture sur l'autoroute l'année dernière ? L'avocat ?

— B.J., oui. C'est leur petit-fils qui a hérité de la maison. Il m'a demandé de remettre le jardin en état. Le problème c'est que je le connaissais déjà.

— Ah bon... D'où ?

— Il est venu un été en vacances à Emmett's Mill, quand nous étions petits.

Une lueur malicieuse anima les prunelles sombres de Sammy.

— Et ?

— Et nous nous sommes embrassés.

Il sourit.

— Ton premier flirt ? C'était bien ?

— Oui.

— Et ça t'a fait bizarre de le revoir ?

— Plutôt.

— Tu étais amoureuse de lui ?

Les épaules de la jeune femme s'affaissèrent.

— A l'époque, oui je crois.

— Ne me dis pas que tu l'es toujours !

— Non ! Ce serait ridicule à mon âge de m'accrocher à une bêtise de gamins. C'est juste qu'il a l'air d'avoir tout oublié et que j'en suis horriblement vexée.

— Je vois que ça te touche, en tout cas.

— J'aimerais au moins savoir s'il se souvient de moi et je ne sais comment aborder le sujet sans avoir l'air stupide. Tu m'imagines : « Hé, bonjour, sympa de te revoir, Ben. Tu as bien changé depuis que nous nous sommes embrassés dans la crique. »

— Tu pourrais commencer par une allusion au lieu d'entrer directement dans le vif du sujet, suggéra Sammy avec un large sourire. Tu avais quel âge ?

— Dix ans.

— Dix ans ! Tu n'étais pas en retard, dis-moi !

— Mes sœurs disent que je devrais lui en parler. C'est plus facile à dire qu'à faire. Il me refroidit. Et je ne vois pas l'intérêt d'aller lui en parler. Je serais encore plus humiliée si ce souvenir s'était définitivement effacé de sa mémoire.

— Si tu veux un point de vue masculin, je dirais qu'il avait peur d'être gêné, au cas où toi, tu aurais oublié. Ça marche des deux côtés, tu sais.

Nora eut une moue dubitative et se leva pour prendre une autre bière dans la glacière. Elle retourna ensuite s'installer dans son vieux rocking-chair et posa les pieds sur la balustrade pour se balancer doucement.

— Tu penses qu'il pourrait ne rien dire parce qu'il craindrait que je ne me souvienne pas de lui ?

— Pourquoi pas ? Nous aussi nous avons un ego fragile ! Qu'est-ce que tu crois !

— Pas lui, en tout cas, grommela-t-elle.

Elle but une gorgée de bière, puis se pencha en avant pour poser la bouteille sur le rebord de la balustrade.

— Plus sûr de lui, tu meurs. Pas du tout le genre sentimental.

— Pose-lui franchement la question.

— Franchement ?

— Oui. En général, tu n'as pas froid aux yeux pour poser des questions gênantes. Je t'entends encore le jour où tu as demandé à Rocky Stonic pourquoi il avait une oreille plus grosse que l'autre. Le pauvre, il ne savait plus où se mettre !

Nora grimaça en se remémorant la scène.

— Ce n'était pas très malin de ma part, même si j'étais petite. C'est vrai que j'ai toujours eu ce défaut de parler sans réfléchir. Parfois je regrette de ne pas ressembler plus à Natalie qui a toujours le mot juste quand il faut. Même Tasha sait quand il vaut mieux se taire. Je suis le mouton noir de la famille.

— Il y a de ça…

Nora leva un regard faussement courroucé vers son ami.

— Et toi, tu ne t'es pas regardé !

Sammy leva sa bière pour porter un toast.

— Bienvenue au club, alors.

— Voilà ce qui explique notre amitié. Nous sommes des ratés tous les deux. Ou plutôt des perles rares, rectifia-t-elle, tu ne penses pas ?

— Si, si.

Nora rit et reprit :

— Parlons de toi, maintenant.

Elle se sentait le cœur plus léger ce soir. Avec Sammy, il était difficile de broyer du noir longtemps. Son humour était contagieux.

Le silence qui suivit la surprit. Elle lui jeta un coup d'œil en biais.

— Il y a du nouveau ?

Il lui sourit, mais cette fois son regard ne suivit pas. Nora se redressa dans son fauteuil.

— Un problème ?

— Non. Juste une longue journée.

— Je t'écoute, j'ai tout mon temps. Je n'ai rien prévu pour la soirée et il nous reste des bières dans la glacière.

Il haussa les épaules d'un air volontairement nonchalant, tout en jouant avec sa bouteille qu'il plaça devant l'horizon et fit jouer, pour apprécier les reflets du couchant à travers le liquide doré.

A l'observer plus attentivement, Nora remarqua le teint gris, les yeux cernés et l'expression chagrinée de son ami.

— Dis-moi ce qui ne tourne pas rond, Sammy.

Il sourit et soupira.

— Je vieillis, voilà tout. Je m'inquiète pour des bricoles qui n'en valent pas la peine.

— C'est-à-dire ?

— Il m'arrive de penser à mon avenir et ce qui se profile à l'horizon ne me réjouit pas.

— Qu'est-ce qui t'arrive ? Tu n'as que trente-cinq ans. Tu ne manques de rien. Tu travailles avec tes frères. Votre entreprise marche bien. Vous gagnez bien votre vie. Où est le problème ?

— Il n'y a pas que l'argent dans la vie.

— Tu as des soucis de santé ?

— Non, ne t'inquiète pas.

Son ton ne disait rien qui vaille à la jeune femme.

— Je ne sais pas m'y prendre avec les femmes, voilà ce qu'il y a…

— Ce n'est pas que tu t'y prends mal, c'est que tu ne t'y prends pas du tout.

Sammy n'avait jamais eu de relation sérieuse. Il était un incorrigible coureur de jupons qui collectionnait les conquêtes sans jamais s'attacher.

— Oui, tu as raison, admit-il. Peut-être aussi que je n'ai pas rencontré les bonnes personnes, ou que je fréquente les mauvais endroits.

— J'ignorais que tu cherchais le grand amour.

— Moi aussi. Mais je ne suis plus un jeunot. Et l'idée de finir mes jours tout seul me fait froid dans le dos.

— Ta solitude ne dépend que de toi. Avoue que tu ne t'es jamais donné la peine de trouver l'âme sœur. Tu tiens trop à ton indépendance.

Il acquiesça d'un signe de tête, puis se leva.

— Merci pour ta compagnie, Nora, mais je dois y aller. Dean nous a pris un rendez-vous de chantier à l'aube demain matin et je dois être en forme.

— Vive les grands frères et sœurs !

— Tu l'as dit…

— Sammy… Si tu as besoin de parler, n'oublie pas que je suis là.

Il lui fit un signe de la main en s'éloignant.

— Je sais, oui… Merci, Nora.

Le coupé filait sur la route qui séparait la baie d'Emmett's Mill. La vitre baissée, Ben profitait de la fraîcheur matinale. L'air vif de la Californie le revigorait. Il aurait volontiers baissé la capote, tant que le soleil ne tapait pas trop dur, mais la brume qui montait de l'océan apportait trop d'humidité.

Il avait rendez-vous avec Nora. Les plans du futur jardin étaient prêts et elle désirait les lui montrer.

Il souriait tout seul. Cette escapade à Emmett's Mill le ravissait. Avec l'altitude, la brume se dissipait. Les genêts et les acacias étaient en fleurs. Il pouvait sentir leurs odeurs mêlées, comme le jour où il avait embrassé Nora.

La scène s'était déroulée comme au cinéma, avec en fond sonore le murmure des vagues qui venaient mourir à leurs pieds. Les cris aigus des faucons résonnaient entre les montagnes. La fillette sentait la crème solaire à la noix de coco.

— C'est pour voir comment ça fait, lui avait-elle dit.

Ma sœur et son amoureux s'embrassent tout le temps et je me demande pourquoi elle aime tant ça.

— Pourquoi tu ne lui poses pas la question ? avait-il répondu.

Jamais il n'aurait pu imaginer éprouver du plaisir à embrasser une fillette de dix ans. De deux ans plus âgé, il rêvait de jeunes filles avec des corps de femme, pas de petites maigrelettes sans poitrine, mais l'insistance de Nora l'avait convaincu. Et puis, il avait eu envie de relever le défi, de vérifier si elle aurait le cran d'aller jusqu'au bout.

— Tasha dit que je suis trop jeune pour comprendre. C'est faux. Je suis la meilleure de ma classe et j'adore les expériences. Tu veux bien essayer avec moi, pour voir ?

Il avait pris le temps de réfléchir. A dire vrai, il n'avait jamais embrassé personne non plus.

Elle avait posé la main sur ses propres lèvres.

— Tu es d'accord ?

— Oui…

Alors elle s'était avancée vers lui avec une expression très concentrée.

— Place tes bras autour de moi, comme ça.

Elle s'était blottie contre lui et lui avait pris les mains.

— Maintenant tu serres fort, je te prends la taille. Tu poses ta bouche sur la mienne. Tu as compris ?

— Je crois.

Pour lui éviter d'avoir trop à se pencher — il était beaucoup plus grand qu'elle —, elle s'était haussée sur la pointe des pieds et avait fermé les yeux. Il avait posé sa bouche sur ses lèvres rondes et fermes.

Et ce fut le miracle.

Il s'était émerveillé de la façon dont ses joues dorées se teintaient de rose. De petites veines bleutées s'étaient mises à palpiter sur ses paupières, aussi frémissantes que des ailes de papillon.

C'était la plus jolie fille qu'il avait jamais vue.

Soudain elle avait ouvert les yeux et dans un mouvement inattendu, elle s'était dégagée de ses bras en hochant vigoureusement la tête.

— Expérience concluante. Salut !

Et elle avait disparu.

Il avait passé les jours suivants à l'attendre dans la crique. Puis il l'avait cherchée dans la ville, en vain, même si Emmett's Mill était minuscule.

Enfin, il avait regagné la Nouvelle-Angleterre sans jamais l'avoir revue.

Le même été, une tragédie avait ruiné sa vie, effaçant toute la magie de ce premier baiser. Le divorce de ses parents lui avait ravi sa fraîcheur d'enfant. En quelques jours, ses illusions étaient parties en fumée.

Depuis, il affrontait l'évidence que rien ne dure, que ce beau sentiment qu'est l'amour est éphémère. Ce n'était pas son métier qui pouvait lui rendre l'espoir que la vie à deux était possible.

Son cynisme avait fait fuir sa petite amie. Un jour, il avait lâché comme une bombe que jamais il n'aurait d'enfants, que le mariage était une mascarade. La réaction de la jeune femme ne s'était pas fait attendre. Elle avait fait sa valise et claqué la porte.

Il s'était alors juré d'éviter les femmes romantiques qui se racontaient des histoires et ne fréquentait plus que des femmes qui pensaient comme lui.

Chapitre 5

— Ça vous arrive de consulter une montre ?

Nora ne répondit pas et détailla ostensiblement la tenue vestimentaire de Ben Hollister : pantalon de toile beige, chemisette écrue et chaussures de marque en cuir fin et léger. Absolument inadéquat et typique de ce que les citadins imaginent être une tenue de campagne ! Autrement dit, il aurait difficilement pu faire moins approprié à la situation.

— Vous êtes à l'heure quelquefois ? insista-t-il.

— Ça dépend…

— Ça dépend de quoi ?

— De mon humeur du jour. Il y a des jours avec et des jours sans. Comme ça, vous savez si je me suis levée du bon pied ou non.

— Qu'est-ce qui vous fait rire ?

— Je ne ris pas, je grimace.

— Ah ! Et qu'est-ce qui vous fait grimacer ? Mes chaussures, on dirait…

Elle inclina la tête sur le côté et le regarda droit dans les yeux.

— Disons qu'il y a plus adapté pour marcher dans les broussailles et les ronces… Une bonne vieille paire de bottes, par exemple. Mais je reconnais que c'est moins élégant…

Elle leva un pied pour lui montrer celles qu'elle portait.

— Enfin, chacun est libre. C'est juste une question de bon sens.

— Oh, je vois… Vous avez décidé de me la jouer « les gens d'ici contre l'idiot de la ville qui ne sait pas reconnaître une chèvre d'une vache et qui confond les chênes et les mandariniers ».

Elle haussa les sourcils.

— C'est votre cas ?

— Evidemment, répondit-il sèchement.

Pourtant il trouva bon d'ajouter :

— Les feuilles du chêne sont fines et dentelées, alors que les mandariniers ont des feuilles dures et vert foncé et portent des fruits orangés de la taille d'une balle de ping-pong.

— Pas mal, pour un citadin. Mais l'hiver ? Comment les distinguez-vous ? A quoi se reconnaît un chêne, quand il n'a plus de feuilles ?

Son hésitation la fit sourire.

— A la taille, monsieur ! A la grosse branche maîtresse d'où partent les autres branches et ils produisent des fruits appelés glands dont les cochons raffolent.

— Merci pour la leçon, professeur.

— De rien, c'est gratuit.

— Vous avez les plans ?

— Les voilà…

Elle retira un rouleau de plusieurs feuillets de la poche de sa veste de treillis. Ses plans auraient mérité d'être mieux présentés, mais elle avait l'habitude de les porter sur elle et n'avait pas jugé nécessaire de transporter sa tablette pliante.

Il les déroula avec un air exaspéré et Nora était ravie de voir quelqu'un d'aussi collet monté perdre le contrôle de ses nerfs.

Pendant qu'il étudiait les dessins, elle s'amusa à l'imaginer avec un jean délavé, le torse nu et les cheveux décoiffés. Aussitôt, une onde de chaleur la parcourut et elle se sentit brusquement rougir.

— Que se passe-t-il ? lui demanda Ben.

— Rien, rien du tout.

Elle frémit à l'idée qu'il ait pu deviner ce qui se passait dans sa tête.

— Alors, que pensez-vous de ma proposition ?

Il examinait le document avec attention.

— A part cette profusion exagérée de fleurs, je la trouve intéressante.

— Je vous ai déjà expliqué que je n'avais pas l'intention de faire de ce jardin un désert.

— A quoi servent autant de fleurs ?

La jeune femme soupira.

— Vous recommencez ? A quoi servent les fleurs ? répéta-t-elle excédée. A mettre de la couleur, rendre un lieu plus accueillant, plus vivant. Elles attirent les papillons, les abeilles...

— Je n'y vivrai pas, donc que ce soit propre me suffit amplement.

— Vous voulez valoriser la maison, oui ou non ? demanda-t-elle, puisque les arguments esthétiques semblaient le laisser totalement indifférent.

— Oui.

Sans plus de commentaires, il roula les plans qu'elle prit et glissa sous son bras.

— On fait un tour du propriétaire ? proposa-t-il.

Elle désigna ses pieds du menton.

— Avec ces chaussures ?

— Vous n'aurez qu'à me frayer un passage dans la brousse !

— Si vous abîmez vos habits ou si vous trébuchez sur les pierres, ne venez pas vous plaindre après.

— Ce n'est pas mon genre.

— Dans ce cas, par ici...

Ben obtempéra et la suivit en faisant mine de ne pas remarquer les épines qui accrochaient le bas de son pantalon. Devant l'aisance de Nora, il se sentait emprunté, ce qui ajoutait à son irritation.

Jusqu'au moment où son regard fut attiré par le spectacle qui s'offrait à lui. Il n'avait pas remarqué combien le short kaki de la jeune femme moulait sa silhouette et révélait ses jambes longues et galbées.

Troublé, il achoppa sur une pierre.

Elle ralentit et se retourna.

— Ça va ?

— Très bien. Où m'emmenez-vous à cette vitesse ?

— Jusqu'au sentier qui descend à la crique. J'ai prévu de l'aménager. Vous vous rendrez mieux compte sur place. Actuellement il est en friche. Il n'y a plus que les daims qui l'empruntent. Je compte installer un escalier de pierres qui adoucira la pente et le rendra moins dangereux.

Une fois arrivé, Ben se pencha au-dessus du précipice envahi de ronces et de lianes. Une odeur de foin chaud parfumait l'air bourdonnant d'insectes.

— C'est vraiment indispensable ?

Les jambes de son pantalon étaient à présent trempées de rosée et couvertes de graines.

— Indispensable, non, dit-elle.

— C'est bien ce que je pense. Ce versant de la colline est un peu raide pour y installer un escalier, il me semble. D'autant qu'on peut accéder facilement à la crique par la route.

Elle se retourna vers lui en haussant les épaules.

— Un accès privé à la crique est un atout supplémentaire pour la vente.

La vue de la crique qui brillait en contrebas entre les rochers de granit raviva en Ben le souvenir de leur première rencontre. A présent qu'il se trouvait en compagnie de Nora, tout cela lui semblait irréel. Pourtant le trouble qu'il éprouvait n'était pas un rêve.

— Vous n'étiez jamais revenue ici ? lui demanda-t-il, le plus naturellement du monde.

La jeune femme se rembrunit. Des éclairs furieux jaillirent de ses beaux yeux gris.

— Je voulais dire..., commença Ben.

— Tu m'avais donc bien reconnue !

Elle vissa ses poings sur ses hanches, attirant le regard de Ben sur leur rondeur harmonieuse, sa taille de guêpe, son ventre plat sous la ceinture en cuir de son short.

— A quoi joues-tu ?

— Je ne joue à rien, j'ai juste pensé que ça n'avait rien à voir avec le travail et qu'il était inutile d'en parler.

— Rien à voir avec le travail, peut-être. Mais tu

aurais pu montrer que tu te souvenais de moi, alors que tu as fait comme si tu ne m'avais jamais vue.

— Bon d'accord, Nora Simmons. J'aurais dû te le dire, mais vu ton attitude, je ne regrette rien. Je t'ai engagée parce que tu es la meilleure architecte de la région. Pas parce qu'on s'était déjà vus. Ton site et ton C.V. m'ont impressionné et ce ne sont ni tes airs méprisants ni ton incorrection qui me feront changer d'avis.

— Epargne-moi tes compliments, s'il te plaît…

Elle rangea les plans roulés dans la poche de sa veste.

— Si j'ai accepté ce travail, c'est pour tes grands-parents. Parce qu'ils aimaient cette maison, qu'ils l'entretenaient et que la voir à l'abandon me serrait le cœur. Mais l'estime que j'éprouvais pour eux n'excuse en rien tes façons de faire. Et très honnêtement, ces façons m'ennuient ! Alors, trouve-toi un autre paysagiste. J'abandonne.

Comme elle faisait déjà demi-tour, la panique s'empara de Ben. Tout était allé trop loin et trop vite. Une chose était sûre, cependant : il n'avait pas envie de la voir partir, encore moins abandonner le projet de rénovation du jardin. Son cerveau se mit à bouillir en quête d'une solution urgente. De la chose à dire qui la retiendrait et la ferait changer d'avis. Mais rien ne lui vint. Alors, dépourvu d'arguments, il fit un pas et la retint par le poignet.

— Attends un peu, Nora… Il faut que nous parlions.

Elle agita le bras pour se libérer, mais il la retint fermement, étonné de sa propre audace.

— Lâche-moi !

— Pas avant que nous ayons parlé calmement.

— Je n'ai pas envie de parler avec toi. Je ne vois pas ce qu'il y a à dire de plus… Laisse-moi partir !

Elle se débattit si fort qu'il la lâcha, mais la violence de la secousse lui fit perdre l'équilibre. Il recula pour tenter de reprendre son équilibre, mais trébucha contre les pierres qui bordaient la falaise.

La jeune femme n'eut que le temps de croiser son regard effaré avant qu'il ne bascule dans le vide.

Nora bondit au bord du précipice. Ben tombait toujours et sa chute sembla durer une éternité. Son grand corps dévalait le long des pierres, soulevant un épais nuage de poussière. Quelques branches amortirent sa chute, mais il finit par atteindre le sol et sa tête heurta bruyamment la dalle de granit.

— Oh, Ben ! Mon Dieu !

Elle dévala la pente, la vue brouillée, le cœur

cognant dans sa poitrine, ripant sur les cailloux et les boulettes de terre sèche, glissant à moitié.

— Non, ne meurs pas ! Je t'en prie ne meurs pas ! priait-elle à voix haute.

Lorsqu'elle arriva près de lui, elle le trouva inconscient, le visage ensanglanté. Elle réprima un cri en fermant les yeux, puis se reprit aussitôt. Ce n'était pas le moment de flancher. Elle se pencha sur lui et posa deux doigts sur son cou. Son pouls battait encore, faiblement, mais il battait. Elle poussa un immense soupir de soulagement et quelque chose se dénoua au niveau de son estomac. Il vivait, mais le choc qu'il avait reçu avait peut-être provoqué une fracture du crâne. Il avait par ailleurs une vilaine entaille au front qui saignait abondamment. Est-ce qu'il était dans le coma ?

Il se mit à gémir doucement. Non, il n'était pas dans le coma, mais il souffrait.

— Ne bouge pas, lui murmura-t-elle.

A genoux près de lui, elle sortit son téléphone portable de sa poche. Ses doigts tremblants composèrent le 911. Il geignit de nouveau, alors elle lui prit la main, qu'elle serra doucement, par petites pressions, espérant qu'il sentirait ainsi sa présence, pendant qu'elle attendait la communication.

La plainte cessa, mais les yeux de Ben demeuraient clos et sa respiration était très faible. Sa belle chemise était en lambeaux, laissant voir des plaies et il avait perdu une de ses chaussures.

Le standard finit par répondre. Nora s'astreignit au calme pour expliquer la situation le plus précisément possible.

— Un homme est tombé dans la crique de chez Hollister. Il est gravement blessé. Je pense qu'il s'est cassé quelque chose. Dépêchez-vous…

« Il est cassé de partout », pensa la jeune femme, désespérée.

— Faites vite !

— Les secours arrivent, restez calme, madame, dit la voix à l'autre bout de la ligne.

Nora se mordait les lèvres, dévorée de culpabilité.

— Quelle idée aussi, de porter des chaussures pareilles ! maugréa-t-elle tout bas.

Mais au fond, c'était à elle qu'elle en voulait.

Pourquoi s'était-elle débattue aussi brutalement ? Près du bord, le moindre faux pas risquait de le précipiter dans le vide, elle le savait ! Tout cela parce qu'il avait omis de lui dire qu'il l'avait reconnue ! Quelle réaction puérile et disproportionnée compte tenu de la gravité des conséquences !

Si Ben ne s'en remettait pas, elle ne se le pardonnerait jamais.

Ben battit légèrement des paupières puis ouvrit les yeux. La douleur lui assombrissait le regard.

— Nora ? murmura-t-il avec difficulté.

— Je suis là. Ne bouge pas. L'ambulance arrive…

Il referma les yeux en gémissant. Sa poitrine se soulevait à chaque nouvelle plainte.

— Tu as perdu une chaussure, dit-elle en cherchant des yeux dans les broussailles.

— Oublie la chaussure. Que fait l'ambulance ?

— Un peu de patience. Ils ne vont pas tarder. Nous n'avons qu'une ambulance, ici…

Le son d'une sirène l'interrompit, suivi d'un bruit de moteur. Des portières claquèrent.

Deux silhouettes blanches apparurent de l'autre côté de la crique, à l'endroit où aboutissait le chemin vicinal. Nora courut à leur rencontre.

— Où est le blessé ? demanda une grande femme à l'allure énergique.

Nora fit un geste en direction de Ben. La femme se précipita vers lui, tandis que son collègue s'inquiétait de Nora.

— Et vous ? Vous n'avez rien ?

— Non.

— La civière ! cria la femme.

Deux brancardiers apparurent en courant.

Pendant qu'ils transportaient Ben vers l'ambulance, la femme rejoignit Nora.

— Je pense qu'il a une côte cassée, probablement une déchirure au poumon et une fracture avec déplacement à la cheville. Qu'est-ce qui s'est passé ?

— Il est tombé.

La femme leva les yeux, suivant le geste de Nora.

— Je m'en serais doutée. Comment c'est arrivé ?

Elle ne faisait que son travail, en posant la question. Mais la culpabilité de Nora en fut accrue.

— Il s'est trop approché du bord et son pied a glissé dans le vide. Quelle différence cela fait-il, la manière dont il est tombé ?

Pendant ce temps, on vit arriver la voiture du shérif qui se gara près de l'ambulance.

— La différence est importante pour la police qui ne met pas « tentative de meurtre » et « accident » sur le même plan.

Nora réprima une exclamation. Comment oser l'imaginer capable de pousser quelqu'un délibérément dans le vide ?

Elle fut soulagée en voyant l'adjoint du shérif descendre de voiture. Mike Curtis était un ami d'enfance de son père.

— Bonjour, Nora. Il paraît que quelqu'un a fait une chute ?

— Mike, je suis contente de te voir ! C'est mon

client qui est tombé et madame sous-entend que je l'aurais poussé.

— Eh bien, Dana, tu vas un peu vite en besogne !

— Qu'est-ce qui prouve qu'il n'y a pas eu une dispute qui a dégénéré ?

Le sang de Nora ne fit qu'un tour devant la perspicacité de l'urgentiste. Elle baissa les yeux pour que Mike ne lise pas son malaise dans ses yeux.

— On voit de tout dans mon métier, poursuivit cette dernière.

— Sans doute, Dana, mais moi, je connais Nora et je sais qu'elle est incapable de faire du mal à une mouche.

— Ce que j'en dis…

Elle disparut à l'arrière de l'ambulance qui démarra en trombe toutes sirènes hurlantes.

— Ne t'en fais pas, lui dit l'adjoint en lui tapant amicalement sur l'épaule, elle est comme ça avec tout le monde, un peu directe mais en même temps très compétente. Et toi, comment vas-tu, Gerry ?

Il l'avait affublée de ce surnom quand elle était petite parce qu'il avait décrété qu'elle était la copie conforme de son père Gerald. En d'autres mots, cela signifiait qu'il la trouvait aussi têtue que lui.

— J'allais bien jusqu'à cet accident stupide. Dis-moi plutôt : qui est cette femme ?

— Dana Collins. Une nouvelle recrue. Elle a été engagée voici quelques semaines. Elle a un parent dans le coin, quelqu'un qui est en maison de retraite au Manoir Laurel. Je l'ai appris par hasard par Samuel Halvorsen qui est sorti avec elle.

— Sammy ?

— Oui, Sammy.

— Qu'entends-tu par « sorti avec elle » ?

— Eh bien « sorti » comme sorti ! Qu'est-ce que tu veux que je te dise de plus ! Il n'y a pas trente-six façons pour un garçon de sortir avec une fille !

— Tu dois te tromper. Sammy m'en aurait parlé. Il me raconte tout.

— La preuve que non.

— Tu crois que Sammy est amoureux ?

— Pourquoi pas ? Il est comme les autres. Jouer les don Juan, ça ne dure qu'un temps.

— Cette Dana n'est pas du tout son genre.

Mike secoua la tête.

— Ne te fie pas aux apparences. Je crois qu'il en pince sérieusement pour elle, mais qu'il est tombé sur un os, cette fois. Ça lui apprendra à faire le malin avec les filles.

Nora était prête à défendre son meilleur ami, mais il y avait du vrai dans les propos de Mike. Sammy était de ces hommes qui préfèrent la chasse à la prise. Et comme aucune fille ne lui résistait, il les quittait aussitôt conquises. Apparemment, cette Dana ne s'en était pas laissé conter.

Cela dit, la question restait entière : Pourquoi Sammy ne lui avait-il pas parlé de Dana ?

Une fois Mike parti, Nora monta dans son pic-kup pour se rendre à l'hôpital.

La réponse à sa question lui vint tout naturellement. Sammy était venu pour lui confier son problème, l'autre soir, mais obsédée par Ben, elle n'avait porté aucune attention à son ami.

Et son problème, c'était qu'il était malheureux. Qu'avait-il dit déjà ?

Elle tourna la clé de contact et se redressa sur sa banquette.

Il avait dit qu'il en avait assez des aventures et qu'il recherchait l'amour.

« Oh, Sammy ! Si toi, tu te fais piéger ! »

Chapitre 6

L'hôpital d'Emmett's Mill était si petit que la configuration des lieux était très simple et qu'on ne risquait pas de s'y perdre. En arrivant, Nora fila directement au service des Urgences, constitué d'une simple salle vitrée aux rideaux tirés.

Comme elle hésitait à entrer, la main prête à frapper discrètement, elle reconnut une voix familière, grave et douce, celle du médecin qui suivait sa famille depuis toujours. Il s'adressait à une infirmière à qui il donnait des consignes.

Au bout de quelques minutes, l'infirmière sortit et Nora se présenta, demandant la permission d'entrer. On la lui accorda et la jeune femme se glissa doucement à l'intérieur de la pièce plongée dans la pénombre. Le Dr Hessle ne cacha pas sa surprise en la reconnaissant.

— Nora ? Que viens-tu faire ici, mon petit ?

Nora évita son regard. Le médecin avait le don

de lire dans ses pensées. A force de la voir pour des entorses, des fractures et autres plaies et bosses, il la connaissait par cœur.

— J'étais avec Ben quand il est tombé, dit-elle.

— Tiens, tiens… Comme par hasard…

— Doc, je n'ai plus quinze ans ! protesta-t-elle. Pour venir se promener en montagne, il ne trouve rien de mieux que de porter des mocassins anglais !

Un sourire malicieux rajeunit le visage ridé du Dr Hessle et la jeune femme comprit qu'elle n'aurait pas besoin d'en dire plus pour obtenir gain de cause. Elle était certainement la patiente préférée du vieux médecin. Missy, la mère de Nora, se plaisait à raconter que le Dr Hessle avait pu s'offrir sa maison de campagne grâce aux accidents et hospitalisations en urgence de Nora.

— Il va bien ? demanda-t-elle d'un air inquiet.

— Il s'en sort plutôt bien, après une chute pareille, mais il l'a échappé belle. Ce n'est pas toi qui l'as poussé, j'espère ?

Encore un qui la prenait pour une criminelle !

— Doc ! s'exclama-t-elle, horrifiée. C'est cette nouvelle urgentiste, Dana, qui vous a fait son rapport ? Il va falloir que je lui parle en tête à tête. Je ne tiens pas à ce qu'elle colporte des rumeurs sur mon compte.

Elle se demanda ce que Sammy pouvait lui trouver pour s'être entiché d'elle.

— Laisse-la tranquille. Elle est un peu rentre-dedans, je sais, et abrupte dans ses rapports, mais c'est la plus efficace du service. Nous avons besoin de gens comme elle pour dynamiser notre petite équipe. Personnellement, je plaisantais, Nora... J'espère que tu l'avais pris comme tel!

Il retrouva son sérieux et se tourna vers le lit.

Ben dormait, visiblement sous l'effet d'un analgésique. Son visage avait été lavé. La coupure au front ne saignait plus.

— Sa vie n'est pas en danger, mais il a été sérieusement blessé. Nous lui avons fait passer des radios et le résultat n'est pas joli, joli : côte cassée, contusion au poumon et vilaine fracture ouverte de la cheville. Je l'ai mis sous calmants à cause de la douleur. Si tu étais avec lui quand il est tombé, c'est que tu le connais, alors?

— Oui, c'est Ben Hollister.

— Ben Hollister?

— Vous vous souvenez de B.J. et Corrinda? La vieille maison victorienne? C'est leur petit-fils.

Le médecin hocha la tête.

— Oui, oui... Je me souviens parfaitement d'eux. Et toi, que faisais-tu avec lui?

— Il a hérité de la maison de ses grands-parents et il m'a embauchée pour redessiner tout le jardin.

— Ah ? Et tu as décidé de lui faire faire de l'escalade ?

Nora poussa un gémissement.

— Doc, ne remuez pas le couteau dans la plaie ! Je ne l'ai pas poussé, mais je culpabilise quand même. Je n'aurais jamais dû l'emmener dans ce fatras de broussailles et de pierres au-dessus de la crique, alors qu'il n'était pas chaussé pour ça.

— Ah ! Calamity Jane ! Je te reconnais bien là. Tu as donc voulu expliquer la montagne à ce jeune citadin.

Nora n'eut guère le temps de riposter. Ben venait d'ouvrir les yeux.

— Comment vous sentez-vous ? demanda gentiment le médecin.

Ben ne répondit pas avant d'avoir fait le tour de ses multiples blessures et contusions.

— Je ne souffre pas, mais je n'arrive pas à me réveiller tout à fait.

Sa voix était basse et rauque et Nora la trouva incroyablement sensuelle — une réaction qu'elle jugea immédiatement complètement inadaptée aux circonstances et aux lieux — mais ce constat, dont elle se garda bien de faire part au Dr Hessle, lui procura un plaisir délicieusement coupable.

— C'est normal, je vous ai injecté un antidouleur et un anti-inflammatoire, continuait le vieux médecin.

— Qu'est-ce que j'ai exactement ?

— Une côte cassée et une blessure au poumon qui guériront d'elles-mêmes d'ici deux à trois semaines, à condition d'être prudent, bien sûr, et de ne pas vous agiter. Pour la cheville, c'est plus compliqué et ce sera plus long. C'est une mauvaise fracture. Je préfère vous prévenir qu'il faudra rester six semaines au repos, avec la jambe allongée et en suspension le plus longtemps possible.

Ben secoua négativement la tête.

— Ce n'est pas possible, docteur. Je n'habite pas à Emmett's Mill. Je suis avocat dans la baie de San Francisco et j'ai beaucoup de travail. De plus, je ne connais personne ici… à part Nora, ajouta-t-il, après une brève interruption.

— Comme vous voudrez. Vous pouvez bien entendu vous faire transporter chez vous, à condition que sur place, quelqu'un soit là pour vous aider, car il n'est pas question que vous posiez le pied par terre.

— C'est vraiment nécessaire ?

— Vous voulez remarcher ?

Ben pâlit.

— Oui.

— Alors vous ferez ce que je vous dis.

Il y eut un silence. Ben garda les yeux au plafond,

en proie à d'intenses réflexions. Son air perdu faillit émouvoir Nora, qui se tenait un peu à l'écart, indécise et perplexe. Soudain, le Dr Hessle se tourna vers elle.

— Tu m'as bien dit que tu allais réaménager le jardin des Hollister ?

— Euh… oui.

— Tu vas donc y venir tous les jours ?

— Euh… oui, répondit encore Nora, sans comprendre où le médecin voulait en venir.

— Il me vient une idée…

Il regarda Ben.

— Puisque la maison est à vous, maintenant, vous avez donc un asile où vous réfugier en attendant de récupérer. Nora pourrait faire vos courses et vous assister en cas de besoin…

Nora faillit s'en étrangler d'indignation. Le Dr Hessle avait beau être plus qu'un médecin, un ami de la famille à la longue, ça ne lui donnait pas le droit de disposer de son emploi du temps, encore moins de la mettre quasiment devant le fait accompli, car enfin, comment refuser poliment devant Ben ? Elle protesta quand même :

— J'ai du travail et des clients à voir, doc. Je n'ai pas le temps de jouer les infirmières. Désolée. En plus, ce n'est pas mon fort…

Le Dr Hessle haussa un sourcil et les regarda tour à tour.

— Ce garçon a besoin d'aide et tu es la seule personne qu'il connaît à Emmett's Mill. Où sont passés tes principes et ta bonne éducation ? Ne fais pas se retourner ta mère dans sa tombe !

— Ben n'est plus un petit garçon, dit-elle encore.

Elle jeta un regard lourd de sous-entendus à Ben, attendant visiblement qu'il prenne la parole. Comme il se taisait, elle poursuivit :

— Et il a sa vie là-bas, dans la grande ville…

L'expression déçue du médecin la déstabilisa.

Partagée curieusement entre colère et excitation, elle scruta le visage de Ben. Que pensait-il d'une telle proposition ?

A son expression, il était facile de comprendre que lui non plus ne semblait pas disposé à la supporter comme infirmière. Il n'avait pas tort : elle se savait parfaitement incapable d'assumer ce rôle. C'était Natalie qui était experte en la matière, pas elle.

Et en même temps, avoir l'occasion de profiter de la compagnie de Ben durant six semaines était presque un cadeau du ciel, à condition qu'ils fassent la paix, ce qui était loin d'être gagné.

Ben poussa un long soupir. Il semblait effaré par la

perspective de devoir dépendre d'elle pendant tout ce temps.

Un élan de compassion s'empara de la jeune femme. Elle tenta de se mettre à sa place. De fait, elle s'imaginait mal dans une ville étrangère sans sa famille pour l'aider matériellement et la soutenir moralement.

— Tu pourrais peut-être appeler tes parents ? suggéra-t-elle.

— Je suis un peu vieux pour retourner chez ma mère au moindre problème, tu ne trouves pas ?

— Ce n'est pas un simple problème… Personne n'est trop vieux quand il a vraiment besoin de soins. Surtout de la part de sa mère. Je donnerais tout pour avoir encore la mienne. Mais c'est impossible, elle est morte il y a un an.

Le visage de Ben se figea. Il murmura des mots d'excuse, mais elle balaya l'air d'un geste.

— Ne te fatigue pas, tu ne pouvais pas deviner. C'est le cancer qui l'a tuée. Si je comprends bien, tu ne peux pas compter sur tes parents. Je me trompe ?

Ben ferma les yeux et remonta sous son menton les draps du lit trop petit pour sa carrure.

— Tout le monde n'a pas la chance d'avoir grandi dans une famille équilibrée.

— Malheureusement, ponctua le Dr Hessle.

Il observa Ben un moment avant de se retourner vers la jeune femme.

— Alors Nora, qu'est-ce que tu décides ?

Au lieu de répondre, Nora s'obstinait à suggérer à Ben d'autres solutions.

— Tu ne connais vraiment personne dans la baie ? Pas d'amis, pas de fiancée ?

Ben ferma les yeux.

— Ni petite amie, ni personne que je considère comme telle.

Il ouvrit les yeux, mais ne la regarda pas.

— J'ai une femme de ménage mexicaine qui ne parle pas un mot d'anglais, dit-il encore. Je l'ai recrutée par une agence.

— Tu as bien un ou deux amis, quand même…, insista Nora, de plus en plus intriguée par le genre de vie qu'il semblait mener. Des gens qui seraient prêts à bousculer un peu leur emploi du temps pour te rendre service ? Que fais-tu quand tu ne travailles pas, les week-ends ou pendant tes vacances ?

Il lui jeta un regard furieux, visiblement piqué au vif qu'elle ait deviné le vide affectif dans lequel il vivait.

Le Dr Hessle suivait la conversation d'un air amusé. Si eux n'en étaient pas encore conscients, lui n'était pas dupe de ce qui se jouait dans cette salle d'hôpital.

— Quand pourra-t-il sortir ? lui demanda Nora.

— Dès que sa cheville sera plâtrée et que ses papiers seront prêts. C'est-à-dire dans la journée…

Il posa une ordonnance sur la table de chevet de Ben.

— Je vous ai prescrit des anti-inflammatoires et un médicament contre la douleur. Prenez un comprimé dès que vous souffrez.

— D'accord, docteur.

Ben referma les yeux et ne dit plus rien. Nora eut la nette impression qu'il avait décidé de n'en faire qu'à sa tête.

Le sourire du Dr Hessle fit place à une expression sévère, celle que la jeune femme lui connaissait quand elle refusait de suivre ses traitements.

— Vos grands-parents étaient des gens bien, commença-t-il.

Son ton fit tiquer Ben qui rouvrit aussitôt les yeux.

— Je vous répète que votre fracture est sérieuse et que si vous ne voulez pas avoir de séquelles, vous devez suivre mes indications à la lettre : ne pas poser le pied par terre et, en conséquence, trouver quelqu'un pour vous assister dans la vie quotidienne. Si vous ne vous y conformez pas, je ne garantis pas la bonne remise en place de vos os.

Ben ouvrit la bouche pour répondre, mais au lieu de l'écouter, le médecin sortit de la pièce.

— Je n'ai besoin de personne. Je saurai me

débrouiller, grommela-t-il, lorsque le médecin fut hors de portée de voix.

— Je comprends pourquoi tu n'as pas d'amis.

— J'ai dit que je n'avais pas d'amis dans la baie, rectifia-t-il.

— Très bien. Alors pourquoi n'appelles-tu pas tes amis lointains, pour qu'ils viennent te chercher ? Ou alors, apprends l'espagnol pour communiquer avec ta femme de ménage !

Il soupira rageusement et tourna la tête pour ne plus voir la jeune femme.

Après un silence, il reprit, d'une voix complètement abattue :

— Me voilà dans de beaux draps ! C'est bien ma chance... Il ne manquait plus que ça.

A nouveau, la culpabilité assaillit la jeune femme. Si Ben en était là, ce n'était pas uniquement à cause des mocassins anglais, c'était aussi un peu sa faute.

Elle récapitula la situation. Ben ne pouvait — ou ne voulait — pas appeler ses parents. Il n'avait pas d'amis. Son employée de maison ne parlait pas sa langue. Et il était immobilisé pour six semaines.

Il pouvait engager une infirmière, pensa alors la jeune femme. Il en avait les moyens.

Elle ouvrit la bouche pour lui suggérer son idée, mais s'entendit faire une tout autre proposition.

— L'idée du Dr Hessle n'est pas si mauvaise, finalement… Puisque je serai sur place pour ton jardin, je pourrai aussi te donner un coup de main, faire tes courses et veiller à ce que tu n'aies besoin de rien… si tu décides de rester…

Ben fronça les sourcils, comme s'il avait mal compris.

— Et mon travail ? Mes dossiers ? Je ne peux pas les abandonner pendant six semaines…

Les médicaments devaient produire leur effet car sa voix devint pâteuse et son regard se perdit dans le vague. Un frisson lui parcourut le corps.

— Non, continua-t-il, c'est impossible. Tu ne peux pas faire ça.

— Et pourquoi pas ?

Parce qu'il n'imaginait pas une seconde devoir dépendre d'une femme qu'il trouvait aussi attirante et aussi agaçante à la fois !

— C'est ridicule, ce n'est pas ton métier. Et puis il n'y a aucune raison pour que tu me consacres une partie de ton temps de vie privée.

— Dans ce cas, tu n'as qu'à me payer.

— Te payer ?

— Oui, me payer. Que tu paies une garde-malade ou moi, ça revient au même, non ? Alors pourquoi pas moi ? Si tu me paies, tu accepteras mes services sans arrière-pensée. Je n'étais pas d'accord au début, mais plus j'y réfléchis, plus je pense que c'est une bonne solution.

« Pour toi peut-être », pensa-t-il.

L'idée tenait sur le papier, mais en pratique, ce serait une autre paire de manches. Nora faisait abstraction des émotions, de la gêne qu'il pourrait éprouver dans certaines situations. Pourtant, elle venait de marquer un point.

Il en était encore à peser le pour et le contre, quand le Dr Hessle fit irruption dans la pièce.

— Nous sommes d'accord. Je vais m'occuper de Ben le temps qu'il récupère, lança Nora.

— Parfait, je suis content, dit le médecin. L'infirmière va venir vous plâtrer et vous pourrez sortir. Nora vous raccompagnera chez vous. J'aimerais vous revoir d'ici à trois semaines pour vérifier votre côte et effectuer une radio de contrôle de votre cheville.

Après le départ du médecin, Ben se releva sur un coude.

— Ce n'est pas la peine que tu me raccompagnes, je vais appeler un taxi.

Jamais de sa vie, il ne s'était senti aussi impuissant.

— Bien sûr et tant que tu y es, commande-toi une pizza pour le repas !

Le regard perplexe de Ben fit soupirer la jeune femme.

— Nous n'avons ni taxis ni livreurs de pizzas ici! Et comme tu ne peux pas marcher, c'est moi qui vais te conduire chez tes grands-parents.

— Pas question, dit-il en se laissant aller sur son oreiller et en croisant les bras d'un air obstiné.

— Ne sois pas stupide. Je t'emmène. Un point c'est tout.

Une infirmière entra, poussant devant elle un chariot chargé de tout le matériel nécessaire pour faire des plâtres.

D'ici quelques minutes, sa jambe serait complètement immobilisée et il n'aurait pas d'autre choix que de s'en remettre aux mains de la jeune femme qui avait failli le tuer le matin même.

L'infirmière montra le matériel avec un sourire d'excuse.

— Bleu ou rose? Nous n'avons plus de blanc habituellement réservé aux adultes.

Du coin de l'œil, Ben surprit le sourire de Nora.

— Bleu, dit-il en soupirant.

— Généralement les hommes optent pour le rose, dit Nora d'un ton mondain.

Sa plaisanterie tomba à plat. Ben n'avait pas du tout envie de rire.

— C'est malin!

La jeune femme se contenta de hausser les épaules.

— Bleu, alors, dit l'infirmière. Asseyez-vous je vous prie, monsieur.

Elle prit le pied du blessé qui grimaça de douleur malgré les analgésiques et le posa délicatement sur une tablette qu'elle avait tirée du chariot.

Quinze minutes plus tard, la cheville et le mollet de Ben étaient plâtrés de bleu et en dix minutes, le plâtre devint aussi dur que du plastique.

Ben arrivait à peine à remuer les orteils. Il réprima un juron à l'idée qu'il allait devoir attendre six semaines avant de recouvrer sa liberté de mouvement.

Après le départ de l'infirmière, il reposa sa jambe sur le lit. Son désarroi faisait peine à voir.

— Je vais chercher un fauteuil roulant pour te sortir d'ici. Puis nous irons manger un morceau, lui proposa Nora. Personnellement, je meurs de faim…

Elle revint quelques minutes plus tard, accompagnée d'un homme en blouse blanche qui poussait un fauteuil roulant. Taillé comme une armoire à glace, l'employé semblait de mauvaise humeur.

— Paul va te mener jusqu'à mon pick-up. Il m'aidera à t'asseoir.

Devant l'air renfrogné du Paul en question, Ben s'inquiéta.

— Il y a un problème ?

— Elle m'a dérangé pendant ma pause. J'étais en train de déjeuner.

— Je n'ai rien demandé. Ne vous vengez pas sur moi !

L'expression de l'infirmier ne changea pas et Ben remercia silencieusement le médecin de l'avoir mis sous calmants, car l'homme ne fit montre d'aucune douceur, d'aucune délicatesse en l'installant sur le fauteuil.

Le silence qui régnait dans la voiture ne tarda pas à peser, mais Nora en prit son parti. Du coin de l'œil, elle surprit Ben qui se cramponnait à sa banquette, comme s'il craignait un accident. Il frissonnait et il était très pâle. Peut-être les cahots le faisaient-ils souffrir ? Nora avait beau conduire le plus souplement possible, son pick-up n'offrait guère le confort du luxueux coupé BMW. L'étanchéité aussi laissait à désirer. Le temps était doux, mais dans son état, Ben devait craindre les courants d'air.

Son profil se découpait dans le contre-jour de la cabine. Il avait les mâchoires contractées et son regard vert avait perdu de son insolence. Une bouffée de tendresse submergea la jeune femme. Il avait l'air si fragile, tout à coup… Elle pensa au travail qu'il avait évoqué. Il avait bien évidemment des affaires en cours que cette interruption de six semaines risquait de compromettre.

Nora ralentit en arrivant au niveau de la maison et entra tout doucement dans l'allée. Elle se gara aussi près que possible de l'entrée, descendit et contourna le véhicule pour ouvrir la portière de son passager.

— Nous aurions dû demander des béquilles à l'hôpital, dit-il.

— J'y ai pensé, mais le bureau qui fournit le matériel était fermé quand je suis allée chercher le fauteuil. J'y retournerai demain matin. En attendant, appuie-toi sur moi.

Elle se concentra pour l'aider à descendre, préférant ignorer son odeur masculine — un mélange enivrant d'herbes sèches et d'eau de toilette griffée — qui lui donnait envie de se blottir contre lui... Mais ce n'était pas le moment.

Ben était toujours assis dans le pick-up, ne sachant pas comment s'y prendre pour en sortir sur un seul pied et sans torsion du haut du corps qui lui aurait réveillé plus encore sa côte et son poumon déjà suffisamment douloureux.

Devant son hésitation, la jeune femme perdit patience.

— Tu peux faire un effort et descendre plus vite ? grommela-t-elle.

— Désolé si ma vitesse ne correspond pas à tes

standards et cesse de bouger, si tu ne veux pas que je me rompe l'autre cheville!

Nora prit sur elle pour ne pas céder à l'envie de le planter sur le marchepied.

Enfin parvenu sur la terre ferme, Ben la repoussa et tenta de gagner la porte d'entrée à cloche-pied. Pour gravir la volée de marches du perron, il s'agrippa à la rampe.

La jeune femme le suivait juste derrière, prête à intervenir en cas de chute. Il maintenait son équilibre tant bien que mal.

Missy Simmons disait toujours qu'on ne peut pas forcer à boire un âne qui n'a pas soif, mais elle n'avait jamais donné à sa benjamine la recette pour contenir un fou rire.

Ben finit par atteindre sa porte. Il se stabilisa en s'appuyant d'une main sur la poignée, tandis que de l'autre, il cherchait la clé dans sa poche. Sous ses efforts, sa jambe d'appui commençait à vaciller.

« Quelle stupide fierté! » pensait Nora avec exaspération. Il risquait de s'effondrer d'une seconde à l'autre. Mais sa fierté l'empêchait de prendre appui sur l'épaule de la jeune femme. Elle en était agacée et le comprenait néanmoins.

Elle avait passé son enfance et son adolescence à se battre pour prouver à ses grandes sœurs et à ses parents qu'elle savait se débrouiller seule. Retrouver cette rage d'indépendance chez Ben modifiait légèrement l'idée qu'elle s'était forgée de lui.

Il finit par extirper la clé de sa poche. Il la coula dans la serrure. Quand la porte s'ouvrit, elle se glissa d'autorité sous son bras et il accepta son aide pour entrer dans la maison.

Chapitre 7

Le lendemain matin, Ben s'éveilla dans le grand lit double de ses grands-parents, où il avait passé une mauvaise nuit. Les rayons de soleil qui baignaient la chambre d'une douce lumière matinale ne suffirent pas à dissiper son angoisse. Avec une lucidité désarmante, Nora avait mis le doigt sur sa profonde solitude. Il n'avait personne vers qui se tourner, ni famille, ni amis, ni amoureuse.

Personne.

Il avait toujours été un solitaire. Au sein de sa profession, il n'avait aucun atome crochu avec ses collègues dont l'ambition démesurée le répugnait. Les week-ends, il préférait emporter un dossier chez lui plutôt qu'accepter une invitation pour un barbecue chez l'un ou chez l'autre. Le travail seul occupait toute sa vie.

Ainsi, peu à peu, il s'était coupé du monde.

Il évitait de penser à sa situation, dont il s'arrangeait

car au fond, il n'était pas très sociable et cette vie d'ermite lui convenait. Mais c'était aussi parce que jusqu'ici, rien ne lui était arrivé qui puisse rendre indispensable la présence des autres. Or, les circonstances actuelles l'obligeaient à voir les choses autrement et le confrontaient directement à cette solitude.

Par réflexe, il replia un bras sur ses yeux à la fois pour se protéger du soleil qui l'éblouissait, mais surtout pour fuir la triste réalité.

Il éprouvait pour Nora un ressentiment vague. Pourquoi lui avait-il demandé de faire les plans de son jardin ? Etait-ce uniquement pour ses talents d'architecte ? N'y avait-il pas de sa part l'espoir de retrouver un peu de ce bonheur d'enfant qu'ils avaient partagé tous les deux ?

Si c'était le cas, aujourd'hui il le payait cher. Se retrouver à dépendre de la jeune femme était la pire des humiliations.

Le simple fait de soupirer lui arracha une grimace. Il bascula sur son côté indemne et se concentra sur sa respiration qu'il rythma doucement jusqu'à ce que la douleur s'apaise.

Qu'allait-il dire au cabinet ? Et l'affaire Wallace ? Il fallait qu'il avertisse Ed qu'il resterait invisible quelque temps, ce qui ne l'empêcherait pas d'avancer son dossier. Mais pour cela, il devait le récupérer.

Ben abandonna sa tête contre l'oreiller. S'il ne réglait pas ses problèmes professionnels au plus vite, il risquait de se retrouver très vite sans travail et sans domicile !

Lestée de plusieurs sacs remplis de provisions, Nora arriva chez Ben aux alentours de 9 heures du matin.

Avant de se rendre dans la chambre, elle passa par la cuisine pour ranger ses emplettes. Elle s'était levée de bonne heure et se sentait en pleine forme pour attaquer la journée.

Après deux coups légers frappés à la porte de la chambre de Ben, elle entra sans attendre de réponse, ce qu'elle regretta aussitôt.

Debout près de son lit, Ben, les cheveux mouillés et la peau encore humide, avait tout juste eu le temps de se couvrir le bas du corps d'un drap de bain trop petit. La jeune femme s'arrêta net, fascinée par son torse musclé et la toison brune qui partait en pointe vers son pubis à peine dissimulé.

— Oh ! dit-elle, les joues en feu, je suis désolée, je ne pensais pas que… excuse-moi…

Elle s'apprêtait à faire demi-tour, le regard au ras des murs, mais la respiration difficile de Ben l'alerta. Sa gêne fit place à l'inquiétude, quand elle le vit tomber plus que s'asseoir sur le lit qui grinça sous son poids.

Elle se demandait comment il avait pu se doucher tout seul.

— Ça va ? demanda-t-elle.

De longues minutes s'écoulèrent avant qu'il ne réponde.

— Oui, je vais bien, un peu épuisé et… tout nu, ajouta-t-il, comme s'il était nécessaire de le préciser.

Elle pinça les lèvres et se reprocha d'être entrée sans réfléchir. Sa mère lui avait assez répété de ne jamais franchir une porte fermée sans s'être assurée qu'elle était autorisée à entrer.

Il souffla doucement avant de pouvoir parler.

— Je vais avoir besoin de toi, si tu veux bien.

— Oui. Dis-moi…

— Pour m'habiller…

Elle le vit rougir.

— Tu as réussi à te doucher sans mouiller ton plâtre ?

— Je l'ai enveloppé dans un sac plastique.

— Ce n'est pas prudent. Tu aurais pu glisser.

— Je ne supportais plus ce mélange de poussière et de transpiration sur la peau et dans les cheveux.

Elle hocha la tête en signe de compréhension.

— Où sont les vêtements fournis par l'hôpital ?

— Je les ai déchirés en les retirant. Ils n'ont pas résisté. Ils sont fabriqués en papier recyclé

— Oui, je sais. Et celui que tu portais hier est plein de terre…

— Il y a encore les vêtements de mon grand-père dans l'armoire. Tu peux regarder, s'il te plaît… Tu devrais trouver un pantalon et une chemise à ma taille.

Nora ouvrit la penderie et fit l'inventaire des pantalons sur les cintres.

— Ton grand-père avait un peu de ventre, mais il était toujours très élégant. Celui-ci devrait t'aller avec une ceinture. Les jambes sont larges et devraient te permettre de l'enfiler facilement avec ton plâtre.

— Parfait…

— Je vais t'aider à le…

— Ce ne sera pas la peine !

Elle se retourna et fit semblant de s'intéresser aux photos posées sur la commode, pendant qu'il s'habillait. A ses soupirs, ses grognements et ses jurons, elle comprit que l'exercice s'avérait difficile.

— Nora ? J'ai un autre service à te demander…

— Oui ?

— Est-ce que tu pourrais me conduire chez moi à San Francisco pour que je prenne des affaires et que je lise mes mails ?

Il lui demandait beaucoup, mais quel autre choix

avait-il ? S'il restait à Emmett's Mill six semaines, il était bien obligé de récupérer ses dossiers et des vêtements de rechange.

— Bien sûr, dit-elle. Mais je ne suis pas sûre que mon pick-up soit adapté à la ville. Il est vieux, en mauvais état, bruyant et plein de courants d'air. Quand je fais le voyage jusqu'à Coldwater, j'emprunte le 4x4 d'un ami qui présente mieux. Je vais l'appeler pour demander si je peux lui emprunter.

— On n'a qu'à prendre ma voiture.

— Ta voiture ? répéta-t-elle, l'air étonné. Tu me confierais le volant du coupé ?

— Evidemment. Tu as ton permis, non ?

— Bien sûr.

— Alors il n'y a pas de problème.

— J'espère que je ne l'abîmerai pas.

L'anxiété de la jeune femme surprit Ben. Ainsi, sous ses airs audacieux, il arrivait à Nora Simmons de douter d'elle-même ?

Son appréhension pouvait aussi s'expliquer par le fait qu'elle n'avait encore jamais pris le volant d'une voiture de soixante-quinze mille dollars. Il concevait que ce fût impressionnant, mais ce qui l'étonnait, c'était qu'elle l'avoue.

Il ne savoura pas longtemps cet instant.

— Très bien, dit-elle, dans ce cas, partons sans tarder. Où sont tes clés ?

— Dans le tiroir de la table de nuit.

Joignant le geste à la parole, il attrapa le trousseau et le lui lança.

— Dans le coffre, il y a un sac avec une trousse de toilette et une chemise propre. Tu peux me le rapporter ?

— Ah, je vois... Monsieur ne sort jamais sans son petit matériel de célibataire au cas où il passerait la nuit ailleurs que chez lui, c'est ça ?

— On ne saurait être trop prévoyant, plaisanta-t-il.

Et il éprouva l'espace d'une seconde, en saisissant l'éclair de jalousie qui fusa dans les yeux gris de la jeune femme, un doux sentiment de triomphe.

Chapitre 8

Sammy commanda une autre bière. Il la boirait et après, il partirait. A quoi cela lui servait-il de rester planté là à ruminer son chagrin, pendant qu'à une table située de l'autre côté du bar, Dana prenait du bon temps avec ses collègues, sans faire attention à lui ?

Elle avait rompu sans lui fournir d'explications et il n'avait aucune idée de ce qu'elle lui reprochait.

Les quelques semaines passées ensemble avaient été un pur bonheur. Il avait fait sa connaissance dès qu'elle était arrivée dans la ville. Tout de suite, il avait compris qu'elle était différente des femmes qu'il avait l'habitude de fréquenter et qu'il séduisait sans beaucoup de difficultés.

Pourtant rien dans le physique de Dana ne correspondait à ses goûts. Elle était trop grande et sa peau trop blanche. Sa poitrine était petite, alors qu'il adorait les femmes pulpeuses.

Sa beauté était ailleurs. Dans son regard intelligent,

dans sa classe surtout, ses gestes et sa façon de se tenir bien droite, la tête haute. Il ne se lassait pas de la contempler quand elle marchait, quand elle parlait, même quand elle mangeait.

C'était peut-être là qu'était le problème. Il devait lui paraître trop paysan, pas assez raffiné dans ses manières.

L'idée qu'elle puisse le mépriser lui brisait le cœur. Cette obsession lui sciait le crâne du matin au soir et du soir au matin. Si un jour on lui avait dit qu'une femme le ferait souffrir, il aurait été le premier à en rire.

Les femmes l'aimaient bien en général. Certaines étaient même très amoureuses de lui, mais s'il avait fait des ravages dans tout le pays, il avait toujours été honnête avec elles.

Elles savaient à quoi s'en tenir dès le départ. Les promesses et les serments ne faisaient pas partie de ses pratiques amoureuses.

Il les respectait, savait leur donner du plaisir et restait en bons termes avec toutes. Parfois, il retournait voir une ou deux anciennes maîtresses, qu'il préférait aux autres.

Et puis il avait rencontré Dana.

Le bar était bondé. En dépit du brouhaha, il reconnaissait sa voix et son rire.

Il jeta un coup d'œil vers sa table, où régnaient la

joie et la bonne humeur, pendant que lui se morfondait tout seul dans son coin.

Quand elle riait, elle était magnifique. Si elle n'était pas le genre de femme qu'on remarque au premier abord, il suffisait de croiser ses yeux pétillants de malice pour être conquis.

C'était ce qui était arrivé à Sammy.

Il termina sa bière d'une seule longue gorgée, décidé à ne plus rien entendre ni boire. La bière ne soignait pas son chagrin, au contraire. Si elle le rendait plus opaque, son cœur pesait encore plus lourd.

Un dernier regard vers Dana lui infligea une ultime torture. Le voisin de table de la jeune femme avait négligemment posé son bras sur le dossier de sa chaise, comme en signe discret de possession. Sammy sentit ses poings le démanger.

Il n'aimait pas ce qu'il était devenu ces dernières semaines. Sa mauvaise humeur permanente, son air maussade le rendaient désagréables avec tout le monde. Son frère Dean disait qu'il ne le reconnaissait plus et l'ambiance dans l'entreprise familiale s'en ressentait.

Combien de temps lui faudrait-il pour oublier Dana ?

Son lit lui semblait froid sans elle. Lui, le coureur de jupons notoire, ne regardait plus les autres femmes. Le seul visage qui revenait dans ses rêves, quand il trouvait le sommeil, c'était celui de Dana.

L'éclat de rire général qui provenait de la table où se trouvait la jeune femme fut le coup de grâce qui le propulsa dehors.

La porte s'ouvrit sur un appartement clair, propre et bien rangé.

— Mets-toi à l'aise, dit Ben, j'en ai pour une minute.

Et il partit en clopinant en direction de ce que Nora présuma être sa chambre.

Au lieu de s'asseoir, la jeune femme fit le tour du living-room, frappée par son côté impersonnel et aseptisé. Le mobilier se limitait au strict minimum. La partie salon comprenait un canapé et deux fauteuils de cuir noir disposés autour d'une table basse. Derrière des portes vitrées coulissantes, la bibliothèque conservait — visiblement à l'abri de la poussière — une collection de livres anciens qui devaient être d'une grande valeur.

La partie salle à manger n'était guère plus accueillante. Huit chaises au design italien entouraient une table rectangulaire en verre trempé et acier gris. Nora eut de la peine à imaginer l'ambiance d'un dîner dans ce séjour austère et froid, qui évoquait plus la salle de conférences que l'intimité d'un chez-soi.

La pièce ouvrait sur une cuisine américaine par un bar. Tout y était parfaitement astiqué.

Nora ne put s'empêcher de passer un doigt sur la table basse en ébène du salon. Le plancher vitrifié était immaculé. Aucune revue, aucun objet personnel, même pas la feuille morte d'une plante verte, ne venait déranger le parfait ordonnancement de cet intérieur qui semblait inhabité.

— Ta femme de ménage ne parle peut-être pas anglais, mais elle a réussi à transformer ta maison en mausolée, dit-elle à voix basse.

Elle rectifia d'elle-même, silencieusement. C'était plutôt un musée, le musée de l'existence stérile d'un homme qui devait vivre en apesanteur.

Elle chercha vainement un portrait, une photographie, une trace d'enfance, de famille. Quelque chose qui aurait donné un peu de singularité, un caractère plus personnel aux lieux.

— Tu es certain d'habiter ici ? lança-t-elle.

— Pardon ? fit-il de loin.

— Rien. Qu'est-ce que tu es venu chercher ?

— Mes affaires. Assieds-toi…

Où ? Aucun siège ne semblait prévu pour s'y asseoir et se détendre. L'endroit appartenait à une page de magazine en papier glacé.

Comment Ben se comportait-il dans cet intérieur figé ? Le dimanche matin, quand il ne travaillait pas, se levait-il tard ? Traînait-il en peignoir de soie dans ce salon, le journal à la main ? Le lisait-il ensuite assis dans son canapé de cuir qui devait valoir une fortune ?

Elle se glissa dans le coin cuisine, derrière le bar. Ce magnifique réfrigérateur gris métallisé devait bien contenir quelques boissons. Elle saisit la lourde poignée et ouvrit la porte. Quelle ne fut pas sa surprise en découvrant qu'il était plein à ras bord. Une profusion de nourriture qui contrastait avec la sobriété du mobilier. Ainsi Ben cuisinait ! Il lui arrivait donc de salir cet évier plus blanc que du lait, de noircir les feux de cette gazinière en inox aussi brillante qu'un miroir ?

Elle finit par mettre la main sur une cannette de bière.

Ben réapparut au moment où elle cherchait une poubelle pour y jeter sa capsule. Il lui désigna une petite machine placée au centre du bar.

— Ah, un broyeur compresseur, bien sûr… Comment n'y ai-je pas pensé ? s'exclama-t-elle.

Elle souleva le couvercle et jeta la capsule.

— J'admire l'ordre qui règne chez toi.

— Il m'est difficile de me concentrer sur mon travail quand tout est en l'air, dit-il en guise d'explication.

— Il n'y pas que ça. Je trouve que…

— Tu te demandes pourquoi je vis dans une telle…

austérité ? C'est ça ? La réponse est que je n'aime pas les bibelots et tous ces objets inutiles.

Nora pensa aux poteries de ses neveux qui trônaient parmi ses collections d'herbiers et ses albums photos. Il y avait peu de chances qu'elle l'invite chez elle, mais il aurait perdu la tête au milieu de son fouillis.

— Tu considères les photographies comme des objets inutiles ?

— Non, c'est juste que je n'en possède pas. Contrairement à toi, je suis un enfant unique. Si je placardais mes murs de mes propres portraits, ça produirait un effet bizarre, non ?

Son sourire révéla ses belles dents blanches et régulières et une bouffée de désir embrasa la jeune femme. C'était incroyable comme un simple sourire pouvait le transformer ! Nora se sentit transportée vingt ans en arrière.

— Et tes parents ? lui demanda-t-elle.

Le sourire de Ben s'effaça aussitôt. Une ombre passa dans son regard.

— Ils sont divorcés. Je les vois rarement. Nous menons chacun des vies séparées.

Comme c'était triste. Nora ne s'imaginait pas vivre sans aucun contact avec sa famille.

— En quoi le fait que tes parents soient divorcés t'empêche-t-il de les voir ?

Il garda les yeux baissés comme s'il n'avait pas entendu.

— Pourquoi est-ce que tu as coupé les ponts avec eux ?

— Ce n'est pas intéressant.

— Tu n'as pas envie d'en parler ?

— Comment tu as deviné ? dit-il d'un ton sec.

— Ne le prends pas mal. Sérieusement, qu'est-ce qui s'est passé d'aussi grave pour que tu n'aies pas envie de parler de ta famille ?

— Tu ne renonces jamais, toi, hein ?

Nora sourit.

— Et tu n'as encore rien vu ! Allez, dis-m'en plus sur ta vie, ton enfance. A quel moment vous vous êtes perdus de vue, tes parents et toi ?

Elle s'installa sur le grand canapé, qui s'avéra plus confortable qu'elle ne l'aurait pensé et, tout en dégustant sa bière, elle attendit qu'il se décide.

Il semblait absorbé dans une méditation si profonde qu'elle douta d'en apprendre plus.

— Il n'y a rien d'extraordinaire à raconter, Nora, finit-il par répondre. Les liens se sont distendus avec le temps, parce que aucun de nous ne trouvait d'intérêt à les maintenir. Nous ne partageons ni repas de fêtes ni vacances.

Un sourire amer incurva le coin de sa bouche.

— C'est ce genre d'événements que tu aimes voir immortalisés sur des photos ?

— Pas uniquement, mais de savoir que tu as des parents est essentiel dans la vie, non ?

« Surtout quand on se retrouve dans ton état, aujourd'hui », pensa-t-elle, mais la résignation douloureuse de Ben lui imposa le silence.

— Oui, bien sûr. Mais pour ma part, j'ai appris très tôt à ne compter que sur moi-même. Et jusqu'à ce jour, la formule a payé.

Nora avait perdu son attitude cavalière. A la mort de sa mère, elle avait mesuré ce que sa présence lui avait apporté.

Savoir que Ben n'avait pas pu profiter de cette chance lui serra le cœur. Instinctivement, elle se passa la main sur la poitrine, comme pour gommer la douleur infinie qui venait de s'y installer.

— Et comment te sens-tu, lorsque tu te retrouves à dépendre d'une étrangère ?

— Très mal.

— Je m'en doute, dit-elle doucement.

Elle avait envie d'en savoir plus sur lui, qu'il lui raconte ce qui avait bien pu le mener à une telle solitude, mais quelque chose la retint, peut-être ce silence qui s'installait, un silence lourd de questions auxquelles il ne voulait pas répondre. Elle respectait sa pudeur et la comprenait.

— Tu as récupéré toutes tes affaires ?

Elle se leva pour jeter sa bouteille. Chemin faisant une idée lui vint à l'esprit.

— Tu as un sac en plastique ?

— Oui. Dans le distributeur au-dessus de l'évier. Pourquoi ?

Elle ouvrit la porte du réfrigérateur.

— Ce serait dommage de laisser perdre toute cette nourriture !

— Tu as raison. Je vais t'aider.

— Ce n'est pas la peine. Ferme plutôt ta valise et j'irai tout porter dans ce que tu appelles ton coffre de voiture.

— C'est un coupé, pas un pick-up ! Ce n'est pas prévu pour transporter un déménagement.

Chapitre 9

Le lendemain, Nora profita d'une accalmie dans son emploi du temps bien rempli pour aller rendre visite à son père.

— Papa ! Devine ce que je t'ai rapporté…

Elle entra comme une flèche dans la maison et fila vers la cuisine.

— Un pack de bières fraîches. Et de ta marque préférée.

Elle sourit en voyant son père vérifier dans le couloir si sa sœur aînée n'était pas dans les parages. Elle lui tendit une bouteille.

— Tiens ! A ta santé !

Gerald Simmons accepta la bouteille et l'ouvrit pendant que la jeune femme rangeait les autres bières dans le réfrigérateur.

— Tu n'auras qu'à dire à Nat qu'elles sont à moi et qu'elle n'a pas intérêt à les jeter.

Gerald pouffa de rire et invita sa fille à le suivre sur la terrasse, où le soleil ne chauffait pas encore trop.

Nora se hissa sur le bord de la balustrade, les pieds posés sur le banc de bois, tandis que son père prenait place dans son vieux rocking-chair.

Chacun but sa bière en silence.

Après un moment, Gerald soupira.

— Ta sœur croit bien faire, ne sois pas aussi sévère avec elle. C'est vraiment gentil de sa part, alors qu'elle a déjà beaucoup de travail avec ses deux petits...

Nora agita la main en l'air, comme pour balayer l'argument.

— Ne t'en fais pas pour Nat, papa, elle est dans son élément. Elle a toujours adoré materner les autres, comme maman. Elle a ça dans le sang. Je lui reproche juste son intolérance. Par exemple, de quel droit te prive-t-elle de bière ? Ce n'est pas parce que tu en boiras une de temps en temps que tu vas faire une attaque. Tu n'es pas alcoolique !

Gerald soupira et but une longue gorgée.

— Elle s'inquiète pour ma santé. Elle est comme Missy, qui râlait tout le temps quand je buvais une bière ou deux. Alors moi, tu me connais, rien que pour la provoquer, je recommençais...

Il haussa les épaules avec tristesse.

— C'était un jeu entre nous.

— Je n'ai jamais entendu maman te reprocher quoi que ce soit.

— Peut-être que tu n'as rien remarqué, parce que ta mère savait mettre les points sur les i sans hausser le ton. Tout un talent dont tu n'as pas hérité, semble-t-il !

— Alors là, tu exagères ! C'est comme ça que tu me remercies de t'avoir apporté des bières en douce ?

Elle était piquée, sans nier toutefois qu'il avait raison.

Content d'avoir fait mouche, son père leva sa bouteille avec un petit sourire.

— J'avoue n'avoir pas toujours été très gentille avec maman, reprit Nora. Surtout au moment de l'adolescence. Je l'envoyais souvent promener. Je ne supportais pas la moindre remarque… Je regrette maintenant de ne pas lui avoir dit plus souvent combien je l'aimais.

— Elle le sait.

— Comment ça ? Tu as une ligne directe avec le paradis ? Si c'est le cas, dis-lui que j'ai encore des conseils à lui demander. Ou plutôt, donne-moi le numéro !

Il sourit.

— Je plains ton futur mari ! Il faudra qu'il soit sacrément patient pour supporter une pile électrique comme toi.

— J'ai de qui tenir... Je crois que tu n'étais pas un grand calme non plus, quand tu avais mon âge.

— Oui, tu vois comme on peut changer. La mort de ta mère m'a complètement éteint.

Un long silence s'installa entre eux.

— Papa...

Maintenant que sa mère n'était plus là pour recevoir ses confidences, elle se dit que son père aurait peut-être un avis éclairé sur la question de Ben Hollister, même si elle n'était pas certaine de suivre en la matière le moindre conseil.

— Ben Hollister — tu sais... le petit-fils de B.J. et Corrinda... — s'est blessé dans un accident. Il me paie pour que je l'aide, comme garde-malade, jusqu'à ce qu'il récupère complètement l'usage de sa cheville et puisse rentrer chez lui, à San Francisco. Parallèlement à ça, c'est un de mes clients. Il m'a aussi embauchée pour que je redessine les jardins de la maison d'Emmett's Mill. Il a l'intention de la vendre et il pense que mon travail pourra lui donner un peu de valeur ajoutée. Nous nous connaissons très peu, mais je le trouve... intéressant.

— Intéressant ? Dois-je comprendre qu'il te plaît ?

— Papa, je te dis que nous nous connaissons à peine ! Et puis il est tout l'opposé de moi. Il est snob et prétentieux, c'est un type de la ville qui roule en voiture de sport. Bref, en tant qu'homme je ne l'apprécie pas beaucoup, mais…

— Tu ne l'apprécies pas, mais tu le trouves quand même… *intéressant* ! Un peu compliqué, tout ça, non ? Et pourquoi est-ce que tu as accepté de l'aider ? Tu n'es pas infirmière, à ce que je sache.

— Parce que je me suis trouvée devant le fait accompli. Voilà ! Il s'est blessé par ma faute.

— Par ta faute ? Qu'est-ce que tu as encore inventé ?

— Je l'ai emmené au bout du jardin, au-dessus de la crique alors qu'il était très mal chaussé. Là, nous avons eu une discussion animée et il a glissé.

— Je vois, dit son père d'un air dubitatif.

— Bref, poursuivit Nora sans plus de détails, il est seul. Sa famille est dispersée et il m'a fait de la peine. Comme d'habitude, j'ai parlé trop vite et j'ai offert mes services sans réfléchir. Un peu poussée par le Dr Hessle, d'ailleurs…

— Tu pourrais demander à la fille de Rhonda de s'occuper de lui, si ça te pèse tant que ça. Elle n'a pas de travail en ce moment. Ça pourrait l'intéresser.

Nora fronça les sourcils.

— Kelly Crawson ?

Kelly Crawson, cette femme aux cheveux décolorés, à la peau bronzée aux UV, qui venait de se faire refaire les seins, et qui portait des décolletés plus que provocants ? Cette femme divorcée deux fois et qui passait depuis tout son temps ou presque à chercher une nouvelle victime à qui passer la corde au cou ?

— Je ne t'ai pas dit que je voulais le marier !

— C'est courageux de ta part de te dévouer. Mais à ce compte-là, il y a un tas de gens sur terre à qui tu pourrais rendre service.

— Bon, si c'est tout ce que tu as comme conseil à me donner, je vais m'en tenir là. Ça ne me dérange pas tant que ça de m'occuper de lui, finalement.

La vérité, c'était qu'elle n'avait pas envie qu'une autre femme tombe sous le charme de Ben, ou, pire encore, que Ben tombe sous le charme d'une autre femme. Avec Kelly, pour peu qu'il s'expose encore à demi nu et l'affaire était dans le sac !

Une autre personne alors ? Mais les femmes d'ici n'étaient pas habituées à des énergumènes comme Ben. Nora préférait se sacrifier plutôt qu'envoyer une victime innocente directement dans les filets de ce redoutable séducteur.

Au fond, elle œuvrait pour la bonne cause ! « Tu n'as pas honte ! murmura alors une petite voix dans sa tête. A qui tu espères faire croire une chose pareille ! Tu le fais parce que ça te fait plaisir, un point c'est tout ! »

Elle en était là de ses considérations, quand elle surprit le regard de son père posé sur elle.

— Quoi ?

— Je t'ai déjà raconté comment j'ai rencontré ta mère ?

— Non.

— Alors écoute bien cette histoire. Je pense qu'elle va te plaire.

— Papa, je ne veux plus entendre que vous étiez fous l'un de l'autre, que maman était un ange. Je sais déjà tout ça par cœur !

Que ses parents aient été jeunes et amoureux se concevait, mais elle ne souhaitait pas en savoir plus. Elle aimait à penser qu'ils avaient fait l'amour trois fois dans leur vie, point final.

— Tais-toi et écoute, pour une fois, grommela Gerald.

La jeune femme soupira et se résigna.

— C'était l'été 1966, le plus chaud de la décennie. Pas une goutte d'eau tombée depuis des mois. L'herbe, les arbustes, tout était sec. Un soir, un automobiliste ne trouva rien de mieux que de jeter son mégot de cigarette par la vitre de sa voiture et avec le vent, toute la région devint un véritable brasier, à tel point que la ville faillit être évacuée.

Nora ouvrit de grands yeux en imaginant la panique qui avait dû s'emparer de la petite ville habituellement si paisible.

— Moi, je faisais partie de l'équipe de secouristes

et comme tous les étés depuis que j'étais étudiant, je distribuais les sandwichs.

— Toi ? Tu servais les sandwichs ?

Nora imagina son père tout en muscles tirant le chariot de la cantine.

— Oui, oui, peu importe. Disons qu'on me chargea d'aller au Darlin.

— Au Darlin ?

— La sandwicherie, là où se trouve aujourd'hui l'actuel club de sport. Un bel endroit. A l'époque, le magasin appartenait à Darlin Amensted. Il a fermé au milieu des années 70. Bref, ta mère y avait un job pour l'été. A la minute même où j'ai franchi la porte de la boutique, j'ai…

— Eu le coup de foudre, termina Nora en bâillant à moitié.

— Pas du tout. Jamais je n'avais rencontré de fille plus arrogante et plus hautaine, comme si elle se croyait sortie de la cuisse de Jupiter.

— Maman ?

— Tu vois que tu n'y étais pas du tout. Alors cesse de m'interrompre, s'il te plaît.

Nora obtempéra. Son père poursuivit. A son sourire qui s'élargissait au fur et à mesure qu'il replongeait dans ses souvenirs, la jeune femme comprenait comment des sentiments avaient pu naître entre deux personnes qui, au départ, n'avaient rien en commun.

Son père était aujourd'hui amaigri par l'âge et le chagrin, mais Nora gardait de lui le souvenir d'un homme énergique et vigoureux, franc et direct, beau parleur, toujours prêt à plaisanter. Elle n'eut aucun mal à imaginer le jeune homme hardi et fanfaron qu'il avait dû être.

— En même temps, Missy était fascinante, car elle ne disait rien. Tout passait par le regard, les airs qu'elle prenait et son humour grinçant. J'ai pris un malin plaisir à lui montrer qui était le patron jusqu'à ce que je morde dans le sandwich que je lui avais commandé. Et devine un peu : à la place de la salade et du poulet, il y avait deux rangées de piments recouverts d'un kilo de moutarde !

Le souvenir le fit frissonner d'horreur et de plaisir.

— Infect ! J'avais la bouche en feu. On aurait dit en plus qu'elle avait deviné que je déteste la moutarde.

Nora rit de bon cœur en se représentant la scène.

— Tu devais probablement le mériter. J'ai du mal à imaginer maman te jouant un mauvais tour, elle toujours si douce.

— Tu ne connaissais que ses bons côtés. En tant que mère, elle était exemplaire : calme, patiente, compréhensive... Mais la femme était une vraie diablesse ! Elle cachait bien son jeu, tu sais.

Il se perdit dans une brève rêverie qui adoucit son

visage que le chagrin avait beaucoup creusé depuis un an.

— Ce qui est étonnant, dans l'amour, c'est qu'il vous saisit de plein fouet au moment où vous vous y attendez le moins. A l'instant même où je me disais que ta mère était une peste, j'en tombais fou amoureux. Tu devrais ouvrir les yeux sur ton Ben. Qui sait ? Mon petit doigt me dit que ce garçon est peut-être le bon.

Nora lança un regard en coin à son père.

— Papa… J'aime bien ton histoire, mais elle n'a rien à voir avec ce qui se passe entre Ben et moi. Il est immobilisé six semaines par ma faute et je doute fort qu'il me porte dans son cœur.

— Nora, crois-en l'expérience de ton vieux père. Fuis la vérité si tu veux, mais elle finira par te rattraper. Si cet homme ne te laisse pas indifférente, ce n'est pas sans raison.

Lorsque Nora arriva chez les Hollister, un peu plus tard dans la matinée, elle fut surprise de voir un autre pick-up garé devant la maison. Des cages de poulets qui caquetaient sur tous les tons étaient empilées sur le plateau du véhicule.

Dès qu'elle ouvrit la portière, elle se boucha le nez

tant l'odeur était forte. Elle prit ses sacs de courses et courut se réfugier dans la maison pour ne pas mourir asphyxiée.

De la cuisine où elle rangeait les provisions, elle entendait des éclats de voix.

— Oui, je suis bien son petit-fils, mais je ne suis ici que temporairement, monsieur… ?

— Buster, c'est mon nom.

— Monsieur Buster…

— Non, non, juste Buster. Pas de cérémonie avec moi.

Nora referma le garde-manger et rejoignit Ben au salon.

— Ecoute, petit, B.J. Hollister était un type formidable. Il nous a sortis d'un mauvais pas, ma famille et moi. Il est mort avant que j'aie eu le temps de le payer. Comme il n'est plus de ce monde, c'est à toi que je vais régler mes dettes. Je règle toujours mes dettes ! Question d'honneur !

Ben implora Nora du regard, dès qu'elle apparut sur le pas de la porte.

Le dénommé Buster effectua un quart de tour, souleva son chapeau écrasé sur ses cheveux sales pour saluer la jeune femme, puis revint à Ben.

— Nous sommes des gens honnêtes. Votre amie et vous pourrez manger de bons œufs qui vous seront livrés chaque semaine. La prochaine fois, je vous apporterai aussi des poulets prêts à cuire. Attendez-moi, je reviens.

Au moment de franchir la porte, il s'arrêta net.

— La mort de vos grands-parents a été un choc pour nous. Que Dieu ait leur âme !

Sur ces mots, il disparut.

Ben tenta de s'extraire de son fauteuil, mais Nora lui fit signe de se rasseoir. Elle arriva à la porte juste à temps pour recevoir dans les mains un joli panier doublé d'un tissu vichy rouge, rempli d'œufs frais.

Buster lui désigna fièrement le tissu.

— C'est une idée de ma femme. Elle tient à soigner la présentation. Je repasserai la semaine prochaine, même jour même heure, si ça vous convient.

— Merci beaucoup, monsieur Buster, c'est très gentil… A la semaine prochaine…

Buster lui fit un dernier signe de la main, grimpa dans son pick-up et démarra aussitôt. Le temps qu'il descende l'allée de la maison, Nora avait rejoint Ben dans le salon. Il semblait dépassé par les événements.

Elle posa le panier devant lui, sur la table basse.

— Soyons clairs ! plaisanta-t-elle d'un ton de femme d'affaires. Pas question pour moi d'être payée en œufs frais !

— Pour moi non plus, mais…

Il se passa une main dans les cheveux et se retrouva

tout décoiffé, ce qui le rendait plus désirable encore aux yeux de la jeune femme.

Pour ne pas se trahir, elle reprit l'anse du panier.

— Je vais les mettre au frais.

Dans la cuisine, elle prit son temps pour décompresser. Combien de jours tiendrait-elle en compagnie d'un homme qu'elle rêvait d'embrasser à tout instant ? Se rendait-il compte du pouvoir qu'il exerçait sur elle ? Pourquoi avait-elle accepté cette torture qu'elle devrait s'infliger au quotidien durant six semaines ?

Quand elle retourna au salon, Ben était plongé dans le dossier qu'il avait rapporté de San Francisco.

— Ton grand-père a dépanné un grand nombre de personnes ici, alors attends-toi à recevoir d'autres visites de ce genre.

Il ouvrit des yeux horrifiés.

— Qu'est-ce qui te fait dire ça ?

Elle haussa les épaules.

— Une intuition. La visite de Buster semble indiquer que la pratique est habituelle pour lui et je ne serais pas étonnée que ton grand-père ait souvent accepté d'être payé en nature plutôt qu'en espèces.

— C'est une plaisanterie ?

— Non. Je suis très sérieuse. Ça se fait à la campagne, tu sais…

— Je compte sur toi pour y remédier au plus vite !

— Moi ? Et puis quoi encore ? C'est ton problème, pas le mien.

— Tu connais les gens du coin. Tu peux les contrôler.

— Moi, contrôler quelqu'un ? Tu me connais mal ! Et ce n'est pas parce que je vis ici que je connais tout le monde. C'est toi l'avocat. C'est toi qui sais parler.

— Je commence à en avoir assez de tes sarcasmes !

— Peut-être, mais ça ne change rien au fait que tu es parfaitement capable de te défendre tout seul.

— O.K., je m'en souviendrai.

— Parfait.

Elle plongea la main dans la poche de sa veste et en ressortit une barre chocolatée qu'elle lui tendit.

— Tiens, c'est plein de vitamines et de sels minéraux. Et c'est bon.

En prenant la friandise, Ben se dit qu'il aurait volontiers attrapé la main de la jeune femme avec pour lui tordre le bras.

— Bon, je te laisse, le travail m'appelle, lui lança-t-elle en quittant brusquement la pièce. Au revoir.

— Au revoir.

La barre de chocolat fut avalée en deux bouchées, sans plaisir. Entre l'irruption de Buster et le mépris avec lequel le traitait Nora, Ben se sentait complètement déphasé dans cette contrée aux mœurs bizarres.

Chez lui, à San Francisco, il était peut-être seul mais au moins, on lui fichait la paix. Personne ne venait violer son territoire ou lui donner de leçons. Et il connaissait les règles du jeu.

Il referma le dossier Wallace, prit ses béquilles et se dirigea vers le bureau de son grand-père.

Avec une curiosité mêlée d'émotion, il prit place dans le vieux fauteuil en cuir élimé. Face à lui, les étagères croulaient sous une rangée impressionnante de classeurs. Sur la tranche de chacun d'eux était collée une étiquette où plusieurs noms avaient été inscrits à la main. Ben en prit un et l'ouvrit.

Il ne tarda pas à comprendre pourquoi ses grands-parents ne roulaient pas sur l'or.

Comme l'avait supposé fort justement Nora, la plupart des clients payaient en nature. Il trouva des contrats avec des garanties de paiements en poulets, stères de bois, pieds de tomates, en chien de chasse pure race…

Il n'en croyait pas ses yeux.

Si les gens d'ici étaient sans le sou et dans l'impossibilité de régler leurs notes, pourquoi son grand-père s'était-il obstiné à rester dans ce coin perdu ?

Il s'enfonça dans son fauteuil en réfléchissant à ce qu'il venait de découvrir et il mit tout cela en parallèle avec une discussion qu'il avait eue, de nombreuses années auparavant, avec son père. L'été où Dale

Hollister avait refusé qu'il retourne en vacances chez ses grands-parents.

C'était un soir. Ils étaient dans leur maison de Boston. Dale était en train de lire le *Wall Street Journal*. Ben venait de lui poser la question. La réponse avait mis du temps à venir, mais elle avait été claire et nette : « non ».

— Pourquoi ? J'y suis bien allé l'année dernière ?

— C'était une idée de ta mère.

— Et alors ?

D'un air las, son père avait laissé tomber son journal sur ses genoux.

— Si ça n'avait dépendu que de moi, tu n'aurais jamais mis les pieds chez ces gens.

— Ces gens ? Tu parles de tes parents ! Et ils sont très gentils.

— Gentils ? On voit bien que tu n'es qu'un gamin. Les gens gentils, comme tu dis, ne déshéritent pas leur fils !

— Comment ça ?

— C'est très simple : ils ont préféré léguer mon argent à un hôpital pour enfants.

— Ton argent ? Peut-être qu'ils ont pensé que tu n'en avais pas besoin…

— Exactement. C'est ce qu'ils ont décrété. Ils ont jugé que puisque je gagnais bien ma vie, ces gosses malades en avaient plus besoin que moi, sauf que j'avais des projets pour placer cet argent. Ce sont deux vieux fous qui ne voient pas plus loin que le bout de leur nez !

Et il s'était replongé dans son journal.

Du haut de ses treize ans, Ben n'avait plus rien dit. Il n'aimait pas la façon dont son père parlait de ses parents, pas plus qu'il n'appréciait son mépris envers les plus pauvres que lui. Mais il avait fini par se faire une raison : il ne changerait pas son père. Il avait préféré abandonner le sujet. Plus jamais il n'avait redemandé à partir chez ses grands-parents.

Aujourd'hui, il se disait qu'il aurait pu se tourner vers sa mère, mais Penny avait d'autres préoccupations et surtout, elle n'avait pas envie d'aggraver ses rapports avec son ex-mari, ne fût-ce que pour sauvegarder la pension qu'il lui versait.

Avec le temps, Ben avait rangé ses beaux souvenirs d'un été dans un coin de sa mémoire.

Chapitre 10

Sammy arrêta la débroussailleuse et prit la bouteille d'eau que lui tendait Nora.

— Ce mois d'avril est incroyablement chaud cette année, dit-il.

Il engloutit la moitié de la bouteille.

Il était venu débarrasser le jardin des racines et des ronces. Le manque de pluie devenait dramatique. La terre était aussi dure que la pierre et pour la retourner, les deux jeunes gens transpiraient à grosses gouttes.

— Depuis le temps que tu avais envie de t'occuper de ce jardin !

Nora s'épongea le front. Elle était couverte de poussière.

— Nous nous serons donné du mal, mais le jeu en vaut la chandelle.

— Tu vas planter quoi ?

— Je vais commencer par une haie de conifères pour couper le vent. Autour de la maison je sème du gazon et ici, une tonnelle couverte de vigne qui ouvrira sur un jardin d'herbes…

— Un jardin d'herbes ?

La jeune femme fronça les sourcils.

— Sammy, ne fais pas ton homme de Neandertal ! Je parle d'herbes aromatiques et des herbes destinées à la préparation de tisanes. Tu te souviens de ce que je t'avais fait boire un certain matin où tu avais mal à l'estomac après une nuit bien arrosée ? Je t'entends encore : « Oh, Nora ressers-moi un peu de ton breuvage magique, s'il te plaît ! »

— Oui, c'est bon, j'ai compris. C'est bien des idées de bonne femme. Je ne connais pas un seul homme qui aurait l'idée de planter de l'herbe dans son jardin.

— Tu ne connais rien à rien, mon pauvre Sammy. Tu devrais sortir de ton univers de bars et de blondes décolorées.

— Qu'est-ce que tu as mangé ce matin ? Du lion ?

La réflexion de Sammy fit sourire la jeune femme.

Elle haussa les épaules et regarda la maison sans pouvoir s'empêcher de penser à Ben. Mais elle n'avait pas envie d'aborder le sujet maintenant. Depuis sa dernière conversation avec Sammy, rien n'avait bougé. Elle était toujours aussi partagée entre attirance et agacement.

Par contre, un autre point méritait d'être éclairci.

— Tu connais une certaine Dana ? demanda-t-elle à brûle-pourpoint.

Sammy pâlit.

— Dana ?

— Oui, cette grande brune des Urgences, ça te dit quelque chose ?

— Euh… oui. Un peu.

— Un peu ?

— Elle doit habiter dans le coin depuis un an à peu près.

— Oui, je sais, on m'a déjà fourni cette information. Ce qui m'intéresse, c'est de savoir pourquoi mon meilleur ami est sorti avec elle et qu'il me l'a caché.

Sammy détourna les yeux et enfonça ses pouces dans les poches arrière de son jean.

— Je ne te raconte pas tout de ma vie privée, Nora… Nous nous sommes vus quelques fois, avec Dana, mais c'est fini. Tu vois, pas de quoi fouetter un chat !

Il se tourna vers elle. Son regard ombrageux trahissait l'attitude nonchalante qu'il tentait d'adopter.

— Comment tu connais Dana ? fit-il.

— C'est elle qui est intervenue, quand Ben a eu son accident.

— Ben Hollister ? Ton client ?

— Oui.

Elle désigna la maison d'un signe de tête.

— Le maître des lieux. Il s'est sérieusement blessé en tombant dans la crique. Elle a sous-entendu que je l'avais poussé.

— Et c'est le cas ?

Nora le fustigea de ses yeux gris.

— Tu ne vas pas t'y mettre ?

— Excuse-moi. Quand on te connaît... Tu te souviens qui m'a fait ça ?

Relevant la jambe de son pantalon, il montra la cicatrice qu'il avait sur le devant de son tibia.

— Oh, tu ne vas pas me rebattre les oreilles toute la vie avec cette histoire ! C'est du réchauffé, mon vieux. Il y a prescription, maintenant. Ça date de plus de quinze ans. Et tu n'avais qu'à pas sauter !

— Qui avait lancé ce pari ?

— Tu n'étais pas obligé de me suivre. Ce n'est pas ma faute quand même si la pierre était glissante ! Moi, je ne me suis rien fait.

— Evidemment, tu as sauté moins loin.

— Les torts sont partagés. Et puis je te rappelle que j'ai purgé ma peine.

Sammy l'interrogea du regard.

— Tu as oublié que j'ai été punie ?

— Punie ?

— Mon père m'a obligée à nettoyer les toilettes de sa société pendant tout l'été qui a suivi.

Sammy partit d'un grand éclat de rire.

— Tu as raison. Tu as payé ta dette. Je promets de ne plus jamais t'en reparler, d'autant que j'ai plein d'autres casseroles en réserve.

Elle n'en doutait pas. Sammy et elle n'étaient jamais en manque d'idées quand ils partaient tous les deux. C'était un miracle qu'ils soient toujours en vie.

Ils évoquèrent quelques-unes de leurs frasques d'enfants avant de se remettre au travail.

Deux heures plus tard, Sammy remontait dans son pick-up.

Le visage et les mains maculés de terre, Nora attendit qu'il démarre, accoudée à sa portière.

— Je serai là demain dès 9 heures, pour défricher l'autre côté.

— Tu as un rendez-vous galant, ce soir ?

Il sourit tristement.

— Rien n'est gagné. Je dois discuter.

— Avec l'urgentiste ?

— Elle a un prénom.

— O.K. Pardon. Avec Dana ?

— Tu poses trop de questions, Nora.

La jeune femme étudia le visage miné de Sammy en se demandant ce qui se passait dans sa vie. D'ordinaire, il ne faisait pas mystère de ses aventures.

— Tu repasses me voir dans la soirée, alors ?

— Tu as de quoi t'occuper avec Ben.

Elle répondit par un haussement d'épaules agacé.

— N'exagérons rien. Je ne suis pas sa baby-sitter. Il peut se passer de moi. Je lui laisserai un bol avec de l'eau et des croquettes.

Sammy tourna la clé de contact.

— Je le plains, le pauvre homme. Avec une garde-malade comme toi, il doit être très choyé !

— Tu ne crois pas si bien dire. Mais je reconnais qu'il y a mieux comme infirmière. Si c'était à refaire, je n'aurais pas accepté.

Nora aurait préféré passer la soirée avec Sammy, plutôt que se retrouver face à face avec Ben. Avec lui, elle se sentait mal à l'aise. Les sentiments qu'il lui inspirait étaient ambigus, confus, entre attirance et répulsion. Elle était consciente d'éprouver du désir pour lui et en même temps tout les opposait : sa suffisance, son mépris pour les habitants du coin, son incapacité à s'adapter à la campagne.

Elle fit une dernière tentative avant que Sammy ne démarre.

— On aurait pu aller boire une bière chez Gilly…

— J'ignore pour combien de temps j'en ai. Je préfère te dire à demain matin.

— A demain, alors, répondit-elle de mauvaise grâce.

Elle recula. Sammy lui fit un signe de la main et enclencha une vitesse.

Nora suivit son pick-up des yeux jusqu'à ce qu'il ait disparu en bas de l'allée.

A l'intérieur de la maison, Ben travaillait sans se douter une seconde du combat intérieur que se livrait la jeune femme. Partir ou rester ? Accepter de prendre soin d'un homme qui ne pensait qu'à lui ? Le désirer et le détester en même temps ?

Ben n'avait pas quitté le fauteuil de son grand-père de la journée. Il était tellement absorbé dans ses tris et ses recherches qu'il n'entendit pas arriver Nora.

— Ben ?

— Je suis dans le bureau !

Quand la jeune femme arriva dans la pièce, elle fut impressionnée par la pile de papiers amoncelés devant lui, sur le bureau.

— Ce n'est pas illégal de fouiller dans les dossiers d'un avocat ? lui demanda-t-elle. Les gens d'ici n'apprécient pas qu'on mette le nez dans leurs affaires.

— D'une part, je ne fouille pas, je trie. D'autre part, le propriétaire est décédé et il se trouve que la personne qui effectue ce travail en est l'héritier. Pour clore le tout, cet héritier est lui-même avocat. Au lieu de trouver toujours à redire à ce que je fais, prends donc un siège. Tu vas peut-être pouvoir m'éclairer sur certaines questions que je me pose.

— A vos ordres, Maître, dit-elle avec emphase, en s'asseyant dans le second fauteuil.

— Tu avais vu juste. Le système de règlement courant, ici, c'est le troc. La monnaie varie selon le client. Avec toutes les denrées que mon grand-père a reçues, il aurait pu ouvrir une épicerie ou un bazar !

— Au moins, si les gens continuent à venir régler leurs dettes auprès de toi, tu ne mourras pas de faim.

— Je ne plaisante pas, Nora.

— Moi non plus.

— Donc, mon grand-père acceptait qu'on le paie en nature, du petit plat mitonné maison aux kilos de pommes. Le résultat c'est qu'il gagnait peu d'argent et que mes grands-parents avaient eux-mêmes du mal à payer leurs factures.

— Ce qui expliquerait le piteux état de la maison.

— Oui. Dommage que B.J. n'ait jamais eu à défendre d'entrepreneur en maçonnerie ou de fournisseur de fuel, ironisa-t-il.

— Cette façon de faire ne m'étonne pas d'eux. C'étaient des gens tellement généreux.

— Généreux ? dit-il d'un ton âpre. A ce point ce n'était plus de la générosité… c'était ridicule. Si tous ces gens s'imaginent que je vais accepter ce trafic, ils rêvent !

— Ne t'inquiète pas. Dès qu'ils t'auront vu une fois, ils auront compris à qui ils ont affaire.

— Si je suis aussi convaincant qu'avec Buster, ça s'annonce mal.

Il soupira d'impuissance.

— Qu'est-ce que ce vieux fou est venu faire ici ! C'est digne du Moyen Age, ce genre de pratique.

— Ton grand-père n'était ni fou ni naïf. Il savait très bien ce qu'il faisait. Il était très apprécié ici.

— Tu m'étonnes ! Tout le monde en a bien profité, oui.

— Je te répète que c'était un homme exemplaire qui pensait que tout le monde avait droit à être défendu, pauvre ou riche.

— La Constitution a prévu des avocats gratuits pour ceux qui n'ont pas les moyens de payer.

— C'est valable pour les criminels, mais pas pour le fermier de soixante-dix ans contraint à la faillite parce que l'Etat refuse de le faire bénéficier de la Williamson Act et qui voit ses impôts tripler.

La Williamson Act était une loi votée par la législature californienne qui permettait aux propriétaires de bénéficier d'avantages fiscaux lorsqu'ils faisaient de leurs terres des exploitations agricoles.

La véhémence de la jeune femme surprit Ben.

— Mon grand-père a défendu ce genre de cas ?

— Parfaitement.

— Alors où sont les documents ? Je ne les ai pas trouvés, dit-il en empoignant les papiers, j'ai vu passer de tout, même une promesse de chien de chasse pure race. Un chien ! Comment s'appelle le fermier dont tu parles ? Il ne manquerait plus que ce soit lui !

Nora bondit sur ses pieds, furibonde.

— Georges Brummel. Il possède une centaine d'acres tout au plus. Cette propriété était dans sa famille depuis des générations. La famille Brummel était très connue autrefois. Ils ont participé à la fondation d'Emmett's Mill. Son arrière-arrière-arrière-grand-père a son nom gravé au-dessus du porche du plus ancien immeuble de la ville, depuis 1800. Un jour Georges est venu trouver B.J. qui a sauvé sa propriété. Je ne vois pas ce qu'il y a de fou là-dedans.

Avant de sortir de la pièce, elle se retourna.

— Quant au chien, il s'appelait Howie Le Howler et tu n'as pas à t'inquiéter parce qu'il est mort d'un arrêt du cœur quelques mois avant l'accident de B.J. et Corrinda. Salut, espèce de gommeux !

Le claquement de la porte fit vibrer toutes les vitres de la maison.

Resté seul, Ben prit ses béquilles et sortit du bureau, une boule au fond de l'estomac.

Espèce de gommeux.

Nora le détestait, c'était évident. Pire, elle le méprisait. Mais elle se trompait. Elle le prenait pour ce qu'il n'était pas.

Chapitre 11

Nora revint le lendemain, pas très fière de la façon dont elle avait claqué la porte, la veille. Combien de fois sa mère l'avait mise en garde contre son impulsivité ?

L'équipe de jardiniers qu'elle avait engagée était déjà là, en train d'ameublir la terre. Une fois qu'elle leur eut donné ses consignes, elle se dirigea vers la maison, craignant un peu l'accueil que lui réserverait Ben.

— Ben ? appela-t-elle gentiment.

N'obtenant aucune réponse, elle s'aventura prudemment à l'intérieur, de crainte de le surprendre une nouvelle fois en petite tenue.

— Où es-tu ? Tu es visible ?

Elle sursauta en entendant un bruit sourd, suivi d'un juron étouffé.

— Qu'est-ce que tu fais ? Tu repeins le sol ?

Ben était au milieu de la cuisine, penché au-dessus d'une flaque jaune qui devait être une omelette écrasée sur le carrelage. Il tenait une poêle dans une main et ses béquilles dans l'autre.

Nora porta la main devant sa bouche, partagée entre l'envie d'éclater de rire et la stupeur.

— C'était quoi ?

— Une omelette aux champignons, dit Ben d'un air tragique. Pas évident de se déplacer une poêle à la main avec des béquilles…

La jeune femme prit des serviettes en papier et s'agenouilla pour réparer les dégâts.

— Tu ne trouves pas que c'était une entreprise un peu trop ambitieuse dans ton état ?

Elle nettoya les tommettes et jeta les serviettes à la poubelle.

Sur la planche à découper, il restait des lamelles de champignons émincés.

— Je voulais me faire pardonner mon attitude d'hier, dit-il d'un air contrit. Tu as raison, je ne suis qu'un gommeux. Je pensais t'accueillir avec un bon petit déjeuner. Je n'en suis même pas capable.

— Ne t'en fais pas. Il reste encore des œufs, avec tout ce que Buster a apporté hier !

La douceur de son ton l'étonna elle-même.

Il aurait fallu être de pierre pour ne pas apprécier l'effort de Ben.

— Tu vas rire : moi aussi, j'ai eu la même idée. J'ai apporté quelque chose pour le petit déjeuner.

Elle ouvrit son sac et sortit un sachet qui contenait deux muffins.

— Je vais faire du café, proposa-t-elle.

— Bonne idée.

Il se détendit.

— Nous sommes autant désolés l'un que l'autre, alors ?

Nora plaça un filtre dans la cafetière et versa la poudre de café, pendant que Ben attrapait des tasses et des petites cuillères.

— Ce n'est pas pour me justifier, lui dit-elle, mais je n'ai pas supporté de t'entendre parler en mal de tes grands-parents. C'est dommage que tu ne les aies pas mieux connus. Toi aussi, tu les aurais aimés.

— Nora, je n'en doute pas une seconde… mais avoue que pour un avocat, mon grand-père était un peu inconscient d'accepter ce mode de paiement quand leur maison tombait en ruine.

— Ils avaient d'autres priorités. Peut-être rêvaient-ils d'un monde plus juste que celui dans lequel nous vivons ?

— C'est une belle utopie. Nous avons tous des besoins et de toute évidence, mes grands-parents avaient besoin d'espèces sonnantes et trébuchantes !

— Je suis d'accord avec toi. Mais pourquoi ton père ne les a-t-il pas aidés ? Ou toi ? A ta voiture, on sait que tu gagnes bien ta vie.

Ben resta silencieux, gêné par la tournure que prenait la conversation. La jeune femme ne le blâmait pas. Un mot de travers et la dispute repartait. Et cela, il ne le voulait pas après les efforts de l'un et de l'autre pour apaiser la tension de la veille.

Une bonne odeur de café remplit bientôt la cuisine baignée du soleil matinal.

Nora plaça les muffins sur une assiette.

— J'ignorais leur situation, continua Ben. Si j'avais su qu'ils manquaient d'argent, je les aurais aidés de mon mieux. Mais détrompe-toi, je ne suis pas aussi riche que tu le crois. La voiture ne m'appartient pas.

— A qui est-elle, alors ?

— A mon père.

Elle le regarda, stupéfaite.

— Je croyais que vous étiez en froid ?

Sa remarque le froissa.

— J'aurais pu m'en acheter une, mais comme il est reparti sur la côte Est, il a préféré me la prêter plutôt que la laisser dans un garage.

— Je vois.

« Fils à papa. »

Elle versa le café dans les tasses et prit place à table.

— Et pourquoi tes parents ne sont jamais venus voir tes grands-parents ?

— Je ne sais pas exactement. Mon père était en froid avec eux.

Il reprit ses béquilles pour venir s'asseoir en face d'elle.

— Ce que j'ai compris, c'est que leur mésentente est liée à des histoires d'argent. Mon père estime que son père l'a déshérité.

— Si c'est le cas, ça expliquerait pourquoi ton grand-père avait adopté ce système de troc. L'argent a détruit ses relations familiales.

— Oui, dit pensivement Ben, c'est une théorie qui se tient.

— Tu en as une autre ?

— Nora, je peux difficilement me faire une idée, étant donné que je n'ai que la version de mon père et que mon grand-père n'est plus là pour me donner la sienne.

— J'ai du mal à imaginer que tu puisses vivre sans avoir envie de connaître la vérité sur ce qui a provoqué cette rupture.

— C'est la différence entre toi et moi. Ça n'affecte pas ma vie. Donc ça m'est égal de ne rien savoir.

Nora renifla doucement pour manifester son incrédulité.

— Qu'en sais-tu si ça n'affecte pas ta vie ? Ben… si les relations entre ton père et B.J. avaient été différentes, tu ne penses pas que tu aurais continué à voir tes grands-parents, en dehors de ce seul et unique été ?

Il changea de physionomie et garda le silence un long moment.

— Nora, ce que je pense n'est pas important. J'ai grandi sans eux, voilà tout.

— C'est un peu triste, non ?

— On ne refait pas le passé. Merci pour le muffin et le café. Je vais prendre une douche, maintenant.

En fin d'après-midi, des nausées, dues aux médicaments qu'il prenait, contraignirent Ben à abandonner le dossier Wallace. Il se leva et regagna le salon. Il se posta devant la baie vitrée qui embrassait le jardin où travaillait Nora.

La journée avait été magnifique. Les orages annoncés par la météo nationale n'avaient pas eu lieu, ou s'étaient déclenchés plus loin, dans l'arrière-pays.

La jeune femme semblait parfaitement dans son élément, à genoux, en train de gratter la terre. Le fait d'avoir engagé une petite équipe ne la dispensait pas des tâches difficiles. Un moment auparavant, il l'avait vue bêcher avec la même vigueur qu'un homme. Il n'était guère étonnant qu'elle soit aussi mince et svelte.

Elle se leva pour s'étirer le dos. Sa chemise se releva sur son ventre plat et sa taille fine.

Il sourit en la voyant s'acharner de plus belle sur des racines qui lui résistaient.

Sa peau, souvent exposée au soleil, avait pris un hâle ambré. Son short taillé dans un vieux jean révélait de longues jambes parfaitement fuselées et des cuisses musclées.

Nora avait-elle conscience de sa beauté ? Certainement pas. Sans le savoir, elle était infiniment désirable et en même temps complètement inaccessible. Ce n'était pas le genre de femme qu'on pouvait séduire en l'invitant pour un dîner romantique aux chandelles.

Ben ne souffrait pas d'un complexe d'infériorité, mais il connaissait ses limites. Il n'avait pas le temps de se lancer dans une entreprise de séduction avec une personne aussi compliquée que Nora.

Pourtant en voyant sa queue-de-cheval blonde s'agiter comme celle d'une enfant jouant dans un bac à sable, il ne pouvait s'empêcher d'imaginer la douceur soyeuse de ces mèches dorées glissant entre ses doigts.

Une foule de questions lui traversaient l'esprit. Il s'étonnait par exemple que la jeune femme fût encore célibataire. Son tempérament pouvait refroidir, certes, mais elle était spirituelle, vive et passionnée. C'était le genre de femme qui devait se donner entièrement à un homme, sans concession ni compromis. Sa franchise et son naturel, qualités rares chez les femmes qu'il connaissait, étaient ce qu'il préférait en elle.

En entendant son rire, clair et argentin, il releva la tête pour découvrir ce qui provoquait autant de gaieté.

Le grand brun costaud qui passait la herse l'avait attrapée par le cou. Avec la vivacité que Ben lui connaissait, Nora se libéra de son étreinte et se précipita vers le tuyau d'arrosage, menaçant l'homme de l'asperger.

Devant la complicité que partageaient les deux jeunes gens, une sourde jalousie le gagna. Qu'avait donc cet homme pour susciter autant de joie ?

Il s'éloigna de la fenêtre, la gorge serrée. Que n'aurait-il donné pour provoquer en elle ne fût-ce qu'un dixième de ce rire joyeux ?

Nora était éreintée, mais ravie de sa journée. Le travail avançait. Le jardin commençait à prendre forme. La terre fraîchement retournée, débarrassée des ronces et des mauvaises herbes, était prête à accueillir les arbustes qui seraient plantés entre les vieux chênes-liège que Nora avait tenu à préserver.

Elle inspira profondément en fermant les yeux pour

s'imprégner des senteurs sauvages et musquées qui épaississaient l'air tiède, puis elle s'étira, savourant le petit craquement dans ses vertèbres qui se remettaient en place.

Chaque jour, elle se répétait qu'elle avait de la chance d'exercer un métier qu'elle avait choisi et qui lui procurait autant de bonheur.

Les oiseaux gazouillaient, trop heureux de venir picorer les vers de terre que la terre juste retournée mettait au jour. Bientôt un gazon dru s'étendrait sous les arbres. Des massifs de rhododendrons s'étageraient entre les parterres de rosiers qu'elle avait réussi à sauver en dépit des réticences de Ben.

Après une journée aussi harassante, elle serait volontiers rentrée directement chez elle se faire couler un bain bien chaud avant de se mettre au lit avec un bon livre. Mais elle devait honorer le contrat d'aide qu'elle avait passé avec Ben.

Quand elle entra, seul le concert de tic-tac des horloges du salon rompait le silence de la maison.

Comme elle s'y attendait, Nora trouva Ben dans le bureau de son grand-père où il avait élu domicile. Plongé dans son dossier, il ne l'avait pas entendue arriver. Aussi ne se refusa-t-elle pas le plaisir de l'observer à la dérobée.

Il lisait, un doigt posé sur les lèvres, les sourcils froncés. Son beau profil parfaitement dessiné se découpait dans la pénombre du bureau.

Elle aurait aimé poser sa main sur sa nuque et masser ses épaules raidies par la concentration.

Avant que d'autres pensées ne l'assaillent, elle frappa doucement à la porte ouverte, pour annoncer sa présence.

— J'ai fini pour aujourd'hui. Tu as besoin de quelque chose, avant que je rentre chez moi ?

Il fit non de la tête avant de retourner à sa lecture, mais Nora avait eu le temps de voir dans ses prunelles un éclat qui ressemblait à du désir. Elle se sentit vaciller. Se pouvait-il que lui aussi, il… ?

Elle décida de faire un test.

— Si nous sortions ce soir ? lui proposa-t-elle.

Il se tourna vers elle en clignant des yeux.

— Pardon ?

— Tu n'as pas envie de t'aérer un peu ? On pourrait aller manger un morceau dehors, histoire que tu changes de décor, que tu découvres un peu la ville.

Il rit d'une façon qui signifiait qu'il n'était pas du tout disposé à prendre sa proposition au sérieux.

— Merci, mais j'ai du travail par-dessus la tête et ce ne serait pas raisonnable que j'arrête maintenant.

— Allez, Ben ! Pour une fois tu n'en mourras pas. Nous sommes vendredi soir. Tu mérites de te détendre une heure ou deux, toi aussi. Tu seras plus en forme pour t'y remettre après.

Il ouvrit la bouche pour protester poliment, mais se ravisa, comprenant qu'elle n'abandonnerait pas.

— Une heure ? Pas une minute de plus alors…

Nora frappa dans ses mains en signe de victoire.

— Super ! Qu'est-ce qui te tente ? Des grillades, du poisson ? A moins que tu n'aies envie d'un hamburger avec des frites bien grasses, ou d'une pizza et d'une bière chez Gilly ?

Elle l'observa, feignant de réfléchir intensément.

— Pizza et bière, non… ce n'est pas ton genre. Je devine en toi un fin gourmet. Je préconise le Grill.

— J'aime les pizzas et la bière, qu'est-ce que tu crois ! dit-il sur un ton offensé, pourquoi ces clichés ? Ce n'est pas parce que je ne porte pas de jeans délavés et de ceinturons à grosse boucle que je n'apprécie pas la simplicité.

— Ne discute pas. Je t'emmène au Grill. Pense à prendre ta veste. Ma voiture est pleine de courants d'air.

Il attrapa ses béquilles et se leva du fauteuil.

— Allons-y plutôt avec ma voiture.

— Tu n'y penses pas ! Mon père est un membre de l'association « Je n'achète que des produits américains ». Si quelqu'un me voit piloter ta BMW, je vais me faire lyncher ! C'est Bettina ou rien.

Il la fixa bizarrement.

— Quoi ?

— « Bettina », c'est comme ça que tu appelles ton pick-up ?

— Oui, pourquoi pas ? Les véhicules ont chacun leur personnalité. Je mettrais ma main au feu, par exemple, que la Cuda de mon père est la cousine de Christine de Stephen King. Elle ne permet à personne d'autre que lui de la conduire.

Elle s'esclaffa.

— Ma sœur Natalie a voulu la prendre une fois et elle a calé, alors que c'est une automatique.

— Comment peut-on caler avec une automatique ?

Il prit sa veste accrochée au portemanteau de l'entrée.

Nora sourit.

— Aucune idée. Tu poseras la question à Natalie si tu la croises un jour, mais je te préviens qu'elle déteste qu'on lui rebatte les oreilles avec cette histoire.

— Si je comprends bien, vous avez toutes le même caractère dans la famille.

Une lueur espiègle brilla dans les yeux de Nora.

— Qu'est-ce que tu reproches à mon caractère ?

— Rien. Il est parfait !

Il s'installa dans le pick-up et Nora se glissa derrière le volant.

Ils auraient pu prendre la voiture de Ben. Cette histoire d'association était une blague, mais Nora avait eu envie de le pousser dans ses derniers retranchements.

Elle avait reçu une excellente éducation, qui valait bien celle de Ben, mais contrairement à lui, elle n'y était pas enfermée comme dans un carcan.

Elle était reconnaissante à ses parents de leur avoir inculqué, à ses sœurs et à elle, des valeurs comme la fierté d'être ce qu'on est et la tolérance. Ils avaient appris à leurs filles que chacun avait son rôle à jouer en ce monde et que personne n'était en droit de se considérer supérieur aux autres.

Nora avait su rester aussi simple et modeste que n'importe quelle autre jeune femme de la campagne. Elle n'affichait ni ses diplômes universitaires ni l'argent qu'elle gagnait. Qui, en voyant son vieux pick-up et son short en jean, aurait pu deviner que ses œuvres paysagères s'étalaient dans les magazines de décoration les plus prestigieux ?

En cette veille de week-end, il y avait un monde fou en ville et il leur fallut du temps pour trouver une place. Au prix de nombreuses manœuvres, Nora finit par caser son pick-up entre deux 4x4. La mine inquiète de Ben lui arracha un éclat de rire.

— J'ai garé Bettina dans des espaces encore plus petits, dit-elle en coupant le contact. Je te l'ai dit, les voitures sont comme les personnes, il faut savoir leur parler.

— J'ai l'impression que tu fais davantage preuve de diplomatie avec les voitures qu'avec les humains !

Le rire de la jeune femme faisait plaisir à entendre. Jamais Ben ne l'avait vue d'aussi bonne humeur.

Dans la salle de restaurant, Nora se faufila entre les tables à la recherche d'une place. Appuyé sur ses béquilles, Ben la suivait péniblement.

Au fond de la salle, des dizaines de personnes se pressaient autour d'une scène où jouait un groupe de musique country.

Ils finirent par trouver un coin plus tranquille.

Ben s'assit en lâchant un soupir de soulagement. A force de garder son pied en suspension toute la journée, son dos était plein de courbatures.

— Qu'est-ce que tu me conseilles ? demanda-t-il, en consultant la carte.

— Tout est bon ici.

Une jeune serveuse en robe courte et au décolleté plongeant se présenta à leur table. De grandes créoles pendaient à ses oreilles. Elle regarda Ben en battant des cils et arrondit ses lèvres peintes de rouge vermeil.

— Bonsoir, monsieur, susurra-t-elle. Vous n'êtes pas d'ici, vous… Je ne vous ai jamais vu.

— Ben, je te présente Jenny, coupa Nora.

— Enchantée, Ben, dit la jeune femme.

— Bonsoir Jenny…

La serveuse désigna son plâtre.

— Que vous est-il arrivé ?

Ben jeta un coup d'œil à Nora et se contenta de hausser les épaules.

— J'ai trébuché sur une pierre.

— Pauvre de vous. Vous vous êtes cassé la jambe ?

— La cheville, répondit laconiquement Ben.

— Et vous arrivez à vous débrouiller tout seul ?

— Jenny, tu peux prendre notre commande, s'il te plaît ? s'impatienta Nora.

— Oui, bien sûr. Vous restez longtemps chez nous ? fit-elle, en se tournant de nouveau vers Ben.

— Et toi, Jenny ? Comment va ton petit ami Timmy ? dit Nora, un tantinet agressive.

— Il va très bien, Nora, je te remercie.

— Eh bien, nous sommes contents de l'apprendre. Peut-être que tu pourrais garder tes yeux dans ta poche…

Ben ouvrit la bouche pour intervenir, mais Jenny fut plus rapide.

— Ne le prends pas mal, Nora, je plaisantais, même si j'avoue ne pas être indifférente aux beaux messieurs de la ville. Bon, je vous écoute, pour la commande…

Ben croisa brièvement le regard sombre de Nora qui commanda une assiette de côtelettes grillées et une pinte de bière.

— Moi de même, dit-il.

— A votre service, Ben, fit encore Jenny, en le gratifiant d'un clin d'œil.

Puis elle reprit les menus et s'éloigna en chaloupant.

— Te voilà rassuré ? dit Nora, je pense que tu as toutes tes chances.

Il s'esclaffa. La serveuse n'était pas du tout son genre de femme, mais de sentir poindre la jalousie chez Nora n'était pas pour lui déplaire.

— Elle est sympathique, dit-il.

— Elle est comme ça avec tout le monde, vitupéra Nora. Et quand je dis tout le monde…

— Ça va, j'ai compris. Vous n'avez pas l'air amies, elle et toi.

— Disons que je n'aime pas sa façon de s'immiscer dans les conversations.

Il arqua un sourcil étonné.

— Ah oui ? Mais nous ne parlions pas quand elle s'est approchée, il me semble.

— Non, mais j'ai préféré prendre les devants.

De l'index, elle toucha le bout de son joli nez.

— J'ai du flair. Je repère les sans-gêne à distance.

— J'apprécie ta perspicacité, ironisa-t-il. Si par hasard tu viens un jour dans la baie, je compte sur un limier comme toi pour démasquer les crapules.

— Ça ne doit pas manquer autour de toi.

— Avec le métier que je fais, c'est inévitable.

Jenny revint avec leurs côtelettes grillées et leurs pintes de bière qu'elle déposa devant eux, en exhibant généreusement son décolleté sous le nez de Ben.

— Bon appétit, Ben, susurra-t-elle avec une œillade suggestive.

— Elle n'a pas froid aux yeux, celle-ci, marmonna Nora.

Ben se mordit les lèvres pour ne pas rire, à la fois stupéfait et heureux de voir Nora sortir ses griffes, quand une autre femme l'approchait.

Peut-être ne le méprisait-elle pas autant qu'il le croyait, après tout ?

Avec sa fougue habituelle, la jeune femme s'empara d'une des côtelettes et en trois coups de dents dépeça la chair de l'os. Elle mangeait avec appétit. La sauce pimentée colora ses lèvres de rouge vif.

Couteau et fourchette en main, Ben hésita quelques

secondes, puis finit par reposer ses couverts. Il prit une côtelette avec les doigts et mordit dedans à pleines dents.

Il faillit tout recracher aussitôt.

Comment Nora pouvait-elle supporter une sauce aussi épicée ?

Il sentit les larmes lui monter aux yeux. Redoutant de s'étouffer, il mâcha lentement, tandis que la jeune femme attaquait sa troisième côtelette.

— Hum… elles sont bien parfumées, commenta-t-elle en se léchant les doigts, et la viande est d'un tendre ! Elle vient directement de nos meilleurs élevages. Qualité garantie.

Ben se contenta de hocher la tête en clignant des yeux pour refouler ses larmes.

Devant lui, sa pinte de bière fraîche et mousseuse semblait le narguer. Il ne rêvait que de se jeter dessus pour rafraîchir sa bouche en feu, mais il n'osait pas tant que Nora n'avait pas pris la sienne.

— Parle-moi un peu de ces gangsters que tu défends, dit-elle la bouche pleine.

Du coin de sa serviette, elle s'essuya les commissures de ses lèvres avant de replonger les mains dans son assiette.

Ben s'arma de courage pour prendre une autre côtelette qu'il mordit cette fois du bout des dents.

— Je croyais que tu ne traitais que les affaires familiales, poursuivit-elle.

Avait-elle la bouche en plâtre pour supporter une telle torture ? Lui avait l'impression que l'émail de ses dents allait exploser. Il regretta amèrement de ne pas avoir insisté pour aller à la pizzéria.

Il s'y reprit à plusieurs fois pour avaler avant de pouvoir se concentrer pour répondre à sa question.

— Je ne défends pas des gangsters à proprement parler. Mais les gens sont prêts à tout pour tirer le maximum de profit d'un divorce ou obtenir la garde des enfants. Récemment, une femme a accusé son mari d'attouchements sur leur fille, alors que tout était faux. La petite, qui n'avait que cinq ans à l'époque, a dû subir des examens qui se sont avérés bien plus traumatisants que le divorce de ses parents. Et puis cette femme a fini par avouer qu'elle avait tout inventé pour empêcher son mari de voir leur fille.

Nora s'arrêta de manger et le trouble qu'il lut sur son visage refléta la stupeur que lui-même avait éprouvée ce jour-là.

— Et tu étais l'avocat de cette femme ?

— Oui.

— Que s'est-il passé, quand on a su la vérité ? Que lui est-il arrivé à elle ?

— Le père a obtenu la garde totale de l'enfant et

la mère a été condamnée pour diffamation à six mois de travaux d'utilité publique.

— Ce doit être délicat de défendre un client qui te ment, surtout quand il s'agit d'un cas aussi dramatique où l'équilibre psychologique d'un enfant est mis en danger ?

— Oui. Il est fréquent que les gens confondent juge et avocat. C'est beaucoup plus difficile de défendre un client qui te cache la vérité.

— Tu le sens quand un client te ment ?

— Pas toujours. Dans le cas de cette femme, par exemple, je suis tombé de haut. Elle accusait son mari avec une telle conviction que j'y ai cru. En fait, c'était sa haine et sa soif de vengeance qui lui donnaient cet aplomb.

— Elle a payé le prix qu'elle méritait. Tu as fait ton travail, tu n'es pas responsable de ses diffamations. Tu as dû être soulagé que justice soit faite, non ?

Il tenta un sourire, mais ses lèvres en feu ne lui obéissaient plus.

— D'un point de vue moral, oui.

En même temps, cet échec avait mis sa carrière en danger. La famille de Layla Grigg avait payé le prix fort en pensant qu'elle remporterait la mise. Or, il avait perdu…

Il avait chaud, il était mal. Enfin, Nora allongea son bras vers sa chope de bière. Enfin il allait boire ! Il attendit une demi-seconde avant de saisir la sienne à son tour. Au moment où il savourait la première gorgée, la jeune femme lui décocha un sourire espiègle.

— Bravo ! Pas mal pour un débutant ! Je ne pensais pas que tu tiendrais aussi longtemps.

— C'est délicieux, mentit-il.

— Vraiment ? C'est Cuz qui prépare la sauce. Tu en veux une autre assiette ?

— Non, merci ! Tu as gagné, je ne peux plus rien avaler de cette nourriture de cow-boy.

Elle rit et leva sa chope.

— A ta guérison, dit-elle.

Ben sourit.

— A toi, à ta réussite, dit-il gentiment.

— Sans rancune ?

— Sans rancune.

La bière fraîche qui coulait dans sa gorge enflammée lui procura un immense bien-être, tout comme la conversation qui suivit.

Il y avait longtemps que Ben n'avait pas discuté à bâtons rompus de tout et de rien, passant allègrement du coq à l'âne. Depuis le départ d'Olivia, ses seuls échanges avec autrui s'étaient limités au secteur professionnel.

Il écoutait les histoires de Nora avec un intérêt croissant pour sa personnalité. Il aimait la voir s'animer quand le thème la passionnait. Une lumière jaillissait de ses yeux gris qui sondaient ceux de Ben pour voir s'il approuvait ce qu'elle disait. Ce qu'il apprécia particulièrement, c'était sa capacité d'écoute. Elle ne parlait pas d'elle, elle lui posait des questions, sur son métier, lui demandait son avis sur certains événements récents.

Une fois de plus, il se demanda pourquoi une femme aussi séduisante ne portait pas d'alliance.

« Evite d'entrer sur le terrain personnel », lui souffla une petite voix.

Et pourtant la curiosité le dévorait. Les soupirants ne devaient pas manquer dans la région.

« Ça ne te regarde pas. Abandonne le sujet. »

— Comment se fait-il qu'aucun garçon d'ici n'ait cherché à te mettre la corde au cou ? demanda-t-il quand même, d'un ton qu'il voulait anodin.

— Je n'ai jamais ressenti l'intérêt de m'installer. Et toi ? Pourquoi est-ce que tu n'es pas marié ?

— Pareil.

Pour se donner une contenance et pour effacer les dernières sensations de brûlure de la sauce, il but une longue gorgée de bière.

Il regardait Nora, attendant qu'elle développe un peu ses arguments. Au lieu de cela, elle le renvoya dans ses filets.

— Tu n'as pas rencontré la femme idéale ?

— Je n'ai pas dit ça.

Olivia était une femme exceptionnelle, peut-être même celle de ses rêves, du moins au début. C'est quand elle avait commencé à lui demander l'impossible que tout s'était gâté.

— J'ai eu plusieurs relations sérieuses, mais elles n'ont pas duré, répondit-il évasivement. A ton tour, maintenant.

La jeune femme répondit par un petit rire embarrassé.

— Je n'ai pas eu beaucoup de chance dans ce domaine…

Il la regarda avec intérêt.

— Ah bon ?

— Comment dire ? Je me débrouille mal. Les hommes que je rencontre ne sont jamais les bons. Le dernier était marié.

Devant l'air effaré de Ben, elle jugea utile de se justifier.

— Je ne savais pas qu'il l'était, jusqu'à ce que sa femme nous surprenne dans une situation compromettante, dans leur bungalow, au bord du lac.

— Et tu t'en es sortie vivante ?

— Oui. Ce n'est pas à elle que j'en ai voulu, tu sais. Son mari nous a dupées toutes les deux. Ils ont d'ailleurs divorcé, depuis.

— Une fois libre, il n'a pas cherché à te revoir ?

— Si, dit-elle avec un sourire carnassier, mais je l'ai reçu avec une Winchester.

— Une vraie, ou bien c'est une image ?

— Une vraie !

Il l'imagina aisément et ça le fit sourire. Il n'enviait pas cet homme d'avoir autant sous-estimé sa partenaire.

— Tu as le droit de posséder ce genre de chose ?

— Bien sûr, j'ai ma licence depuis l'âge de dix-huit ans. Et je suis meilleure au tir que la plupart des gars du pays. Et toi, tu aimes le tir ?

Il secoua négativement la tête.

— Ce n'est pas mon truc. Je suis meilleur au tennis.

— Bien sûr. J'aurais dû m'en douter. Un avocat ne va pas s'amuser à tirer à la carabine dans des boîtes de conserve !

— A présent que tu m'y fais penser, j'ai été très bon au tir à l'arc, dans mon jeune temps. J'ai même fait de la compétition au sein d'un club.

— Impressionnant !

Elle partit d'un joli rire qui ramena la lumière dans ses yeux gris et Ben fut tout heureux de la voir se détendre à nouveau.

La conversation reprit de plus belle, roulant sur des sujets moins épineux. Ben aurait voulu ne jamais voir arriver la fin de cette charmante soirée. La compagnie de Nora était délicieuse. La jeune femme était drôle et pleine de vie, et finalement très délicate. Elle avait beau jouer les garçons manqués, ses manières étaient féminines et élégantes, quand elle n'était pas en train d'arracher des ronces dans un jardin ou de vous pousser dans le vide ! La façon dont elle se tamponnait les lèvres quand elle avait bu une gorgée de bière, ou celle dont elle ramenait une de ses mèches blondes derrière son oreille, révélaient une grâce qui n'appartenait qu'à elle.

Comment garder ses distances avec une telle femme ? Comment ne pas rêver de goûter ses lèvres ?

Chapitre 12

Nora s'apprêtait à planter des fleurs en bordure de la zone du futur gazon, quand un pick-up remonta en trombe l'allée qui menait chez Ben. Les graviers volaient sous ses pneus ; une musique tonitruante jaillissait des vitres ouvertes.

La jeune femme se redressa en fonçant les sourcils.

C'était Sammy.

— En voilà du raffut ! murmura-t-elle.

Sans ralentir en passant près d'elle, Sammy alla se garer, puis sauta de la cabine. Nora n'eut pas le temps de le saluer que le moteur de la débroussailleuse tournait à fond.

— Pas si fort ! hurla-t-elle. Je te préviens que si tu l'abîmes, tu es quitte pour en racheter une.

Sammy répondit par un court hochement de tête signifiant qu'il avait entendu. Il fit ralentir le moteur sans desserrer les dents. Nora en déduisit qu'il n'allait pas mieux et que son rendez-vous de la veille avait dû mal tourner, mais elle ne fit aucun commentaire. Il finirait bien par lui parler tôt ou tard.

Sa situation à elle n'était pas meilleure. Elle avait rêvé de Ben toute la nuit et la première image qui avait surgi à son réveil, c'était encore la sienne. Elle ne voyait qu'une solution, pour se débarrasser de son obsession : travailler d'arrache-pied.

Elle versa un sachet d'engrais biologique dans son arrosoir et le mélangea avec de l'eau. Une forte odeur ammoniaquée se dégagea du mélange. Elle prit ensuite sa houe et travailla le produit avec la terre.

Pour son malheur, la soirée au Grill n'avait rien arrangé. Ben avait marqué des points. Leur tête-à-tête avait révélé un homme sympathique, à la fois sensible et plein d'humour, ce qui ajoutait encore à son charme. Au terme de la soirée, s'il l'avait invitée dans son lit, elle l'aurait suivi les yeux fermés.

Lorsqu'ils s'étaient embrassés des années plus tôt, elle avait ressenti un trouble profond qu'elle n'avait pas su analyser à l'époque, mais dont la force l'avait effrayée. Aujourd'hui, elle mettait un mot sur ce bouleversement intérieur : c'était déjà du désir. Elle désirait cet homme, non seulement physiquement, mais de tout son être. C'était comme s'il était une partie d'elle.

C'était comme si elle l'avait attendu depuis toujours.

Son arrosoir était vide. Elle le rangea dans l'appentis et se dirigea à grands pas vers la maison.

Elle entra dans le cabinet de toilette pour se laver les mains. Elle se savonna longtemps pour effacer l'odeur de l'engrais, massant ses avant-bras avec la mousse parfumée. Elle se rinça. Prête à retourner à sa tâche, elle referma le robinet. Mais, comme si ses pieds étaient tout à coup devenus autonomes, au lieu de se diriger vers le jardin, elle fila droit vers le bureau.

Dès qu'il la vit sur le pas de la porte, Ben lâcha son crayon. Sous son regard brillant, Nora sentit ses jambes flageoler, puis elle prit conscience qu'elle souriait bêtement.

Elle se ressaisit aussitôt.

— Tu as besoin de quelque chose ?

Il la contempla longuement avant de hocher la tête.

— Oui.

— Faim ? Soif ?

— Non, autre chose…

— Quoi ?

— Je voudrais un rendez-vous.

L'air manqua subitement à Nora.

— Avec Jenny ? tenta-t-elle de plaisanter, pour cacher son trouble. Elle a un petit ami, tu sais, un gros petit ami, même… C'est une véritable armoire à glace qui aurait tôt fait de te casser les dents, si tu t'approches d'elle.

Il partit d'un rire rauque.

— Merci de me prévenir, mais ce n'est pas avec Jenny que je veux sortir. J'espérais que tu serais disponible.

Les joues de la jeune femme s'enflammèrent.

— Moi ?

Le son aigu de sa voix la surprit elle-même. Elle s'éclaircit la gorge et s'efforça de prendre un ton plus posé, malgré l'émotion.

— Moi ?

— Oui. Toi.

— Que…

— Je dois me rendre à une soirée de bienfaisance pour laquelle j'avais réservé des billets depuis longtemps. J'aurai besoin d'un chauffeur. Je me suis dit que si tu m'accompagnais, ce serait la solution la plus pratique.

Oh…

Ses espoirs fondirent comme neige au soleil.

Bien sûr, c'était plus pratique.

— Quand a lieu cette réception ?

— Demain.

— Demain ? C'est un peu court pour que je m'organise, tu ne trouves pas ?

— J'en suis conscient. Je suis désolé, mais je ne peux pas me défiler. Cet événement est organisé par le cabinet. C'est une fête au profit de Poppenshier.

— Poppenshier ?

— Tu ne connais pas ? C'est une fondation qui défend une noble cause : les enfants maltraités. Le cabinet où je travaille en est l'un des bienfaiteurs principaux. Tous les ans, nous remettons un don et mon patron souhaite la présence de ses meilleurs collaborateurs.

— Dont naturellement tu fais partie ?

Il hocha la tête sans une once de modestie, ce qui porta à son comble l'agacement de la jeune femme.

— Je ne sais pas si je suis libre demain, dit-elle sèchement. Il va peut-être te falloir trouver quelqu'un d'autre…

Elle pivota sur ses talons pour ne pas lui laisser voir sa déception.

— Nora… J'aimerais vraiment que ce soit toi qui m'accompagnes…

La main de la jeune femme se figea, frémissante, sur la poignée de la porte.

— Tu crains de confier ta voiture à quelqu'un d'autre ?

— Non, c'est que… j'aime être avec toi. Tu n'es pas comme les autres femmes. En dépit de tes excentricités, je te trouve fascinante.

Elle se retourna vers lui, métamorphosée.

— Quel genre de robe faut-il pour cette soirée ?

— Rien n'est imposé pour les femmes. Les hommes seront en noir.

Nora l'imagina en smoking. Il devait bien le porter, même avec un plâtre.

— Tu n'as rien contre le rouge ?

Il la dévisagea avec une intensité inouïe.

— Le rouge doit t'aller à ravir. Départ à 16 heures, ça te va ? Le dîner est prévu pour 18 heures. Nous ne devrions pas avoir d'embouteillages.

— Entendu.

A la façon dont il la dévisageait, il lui sembla que Ben voyait d'ici le contenu de son dressing, dont sa robe de soie rouge décolletée qui épousait parfaitement ses courbes, ainsi que la paire d'escarpins qu'elle portait toujours avec.

Ben passa le restant de l'après-midi à essayer de se concentrer sur son travail, sans quitter sa montre des yeux.

Il avait hâte d'être au lendemain, d'avoir Nora près de lui pour de nombreuses heures.

Sa cheville lui interdisait de danser, mais pas de la prendre dans ses bras, ni de l'embrasser. Ressentait-elle le même désir que lui ? Rêvait-elle de se lover contre lui ? Avait-elle envie de se retrouver nue contre lui, de livrer son corps à ses lèvres, d'arquer son ventre à la rencontre de son sexe dur ?

Cette pensée lui arracha un gémissement de douleur. Il se sentait dans la peau d'un adolescent incapable de contrôler ses impulsions.

En même temps que le désir le torturait, il se demandait s'il ne commettait pas une erreur en invitant Nora à partager un moment de sa vie personnelle.

Le lendemain à 16 heures précises, Nora se trouvait devant la porte de Ben. Ses doigts tremblants prirent le heurtoir comme si elle venait ici pour la première fois.

Elle tenta de se raisonner. Ce n'était qu'un dîner officiel après tout. Ben l'avait invitée parce qu'il n'avait personne d'autre sous la main et qu'il la trouvait présentable. Et puis il avait besoin d'un chauffeur. Il faisait d'une pierre deux coups.

Elle frappa un coup et entra dans la maison, le cœur battant.

Un rayon de soleil faisait chatoyer le cuivre des horloges. Ben l'attendait au milieu du salon. Comme elle s'y attendait, la présence des béquilles n'entamait en rien son élégance. Avec son smoking, il était magnifique.

Il l'étudiait de son côté autant qu'elle le buvait des yeux.

— Tu es éblouissante, murmura-t-il enfin.

— Ça me change des jeans et des bottes. Et permets-moi de te retourner le compliment.

— Merci, dit-il en souriant.

Il prit ses deux béquilles dans une main et lui tendit l'autre. Comme il l'attirait gentiment pour l'embrasser sur les joues, elle frissonna en sentant le souffle de sa voix caresser ses épaules nues.

— Tu es très belle en jean aussi, mais là, je dois dire que tu me surprends.

Leurs regards se croisèrent et l'air se chargea d'électricité.

Elle crut qu'il allait l'embrasser sur la bouche, mais il la lâcha pour reprendre une béquille dans chaque main.

— Prête ?

— Oui, allons-y. J'espère tenir le choc en compagnie de tout ce beau monde.

— Si tu craques, tu boiras du champagne, plaisanta-t-il, il va couler à flots ce soir.

— Pas de bière ?

— Non et pas de sauce au piment non plus.

En se tournant pour sortir, elle ne se priva pas de

lui offrir une vue sur son dos que l'échancrure de sa robe mettait en valeur. Perchée sur ses hauts talons, elle sentait ses hanches onduler sous la soie.

« Regarde bien, mais tu ne touches pas. Enfin, pas tout de suite. »

Elle sourit intérieurement. Ce soir, c'était décidé, elle ferait perdre la tête à Benjamin Hollister.

Contrairement aux prévisions de Ben, l'autoroute était fort encombrée. Mais ils le remarquèrent à peine, tant ils avaient plaisir à bavarder dans la voiture.

Malgré un fort *a priori*, Nora ne put résister à la magie de la ville qui se manifesta dès l'entrée par le Bay Bridge. Les collines et les gratte-ciel de Downtown émergeaient entre les strates de brouillard. Autour d'eux, les lumières s'allumaient une à une avec la tombée de la nuit.

Bientôt, ils se retrouvèrent au milieu du quartier résidentiel de Russian Hill, derrière un tramway cahotant qui descendait le tronçon sinueux de Lombard Street.

— C'est là, dit Ben, en montrant un immeuble luxueux qui abritait un hôtel quatre étoiles. Le parking est derrière.

Une jeune femme en tailleur blanc les accueillit

dans l'entrée avec un grand sourire. Ben aurait aimé prendre le bras de Nora pour pénétrer dans le salon resplendissant d'or et de pourpre. Les tables étaient nappées de blanc. Du plafond pendaient de majestueux lustres de Murano sous lesquels scintillaient les verres en cristal, les couverts en argent et d'immenses chandeliers.

Au fond, sur une estrade, un orchestre argentin jouait des airs de tango.

— C'est très glamour, ironisa-t-elle.

Le léger courant d'air provoqué par les ventilateurs jouait dans ses cheveux blonds.

— Tu as l'habitude de participer à ces soirées de bienfaisance ?

— A celle-ci, c'est la première fois.

— Donc, tu ne sais pas ce qui nous attend ?

— En gros, si. D'abord nous aurons droit à un discours. Nous passerons à table pour le traditionnel dîner qui risque d'être interminable et au cours du dîner…

— Il y aura la remise officielle des dons, termina-t-elle en souriant.

— Tu as gagné. Mais je le répète, c'est pour une noble cause…

Des serveurs avec des plateaux chargés de coupes de champagne circulaient entre les groupes qui conversaient. Des bijoux somptueux paraient les femmes vêtues de robes de soirée. Les hommes portaient le smoking, mais aucun n'avait la classe de Ben.

— Tu connais tout le monde ? lui demanda Nora.

— Non. A part mes collègues et quelques clients, la plupart sont des inconnus.

— Des inconnus, comme dans les équations ? demanda-t-elle en riant.

— Ils ne sont pas inconnus pour tout le monde. Il y a des hommes d'affaires et des gens de la presse. Cette réception est une pure opération de communication. L'important est de se montrer parmi l'élite de la ville, dont mon patron tient à faire partie. Le montant de la somme que nous allons offrir ce soir à la fondation sera publié demain dans tous les journaux.

— Je vois. C'est de la publicité déguisée.

— Exactement. Mais c'est pour…

— Une bonne cause, oui, je crois que j'ai compris…

Ce monde que fréquentait Ben se situait aux antipodes du sien. Ce style d'existence, basée sur les apparences, lui semblait horriblement toxique, mais comme le répétait Natalie, elle avait une fâcheuse tendance à juger les autres selon ses propres critères.

— Tu as des amis parmi eux ?

— Aucun, je te dis, ce sont ou des collègues, ou des clients.

— Si tu n'as pas d'amis, avec qui passes-tu tes week-ends, alors ?

Au coup d'œil qu'il lui lança, elle se souvint de leur conversation, la première fois qu'ils s'étaient rencontrés.

— Oh, pardon… J'avais oublié que tu n'avais pas de temps libre et que tu ne prenais jamais de vacances.

Elle attrapa une coupe de champagne sur le plateau que venait de lui présenter un serveur en livrée.

— Tu as une bonne mémoire, dit Ben.

— Effectivement.

Elle but une gorgée de champagne.

— Pourquoi détestes-tu autant les roses ?

— Pardon ?

La jeune femme tapota doucement sa tempe.

— Ma mémoire encore. Il y a bien une raison pour que tu détestes autant les roses. Laquelle ?

Elle s'attendait à ce qu'il change de sujet, pourtant, à sa grande surprise, il lui répondit.

— A cause de mon père. C'est sa fleur préférée. Il en envoyait à toutes les femmes qu'il rencontrait, alors que chacune croyait être la seule.

— Ton père est un séducteur.

Elle faillit ajouter : « Comme toi. » Mais au fond, elle ne le pensait pas. Elle avait pu vérifier qu'il ne jouait pas de son physique. Sa séduction était naturelle et non calculée, même si elle imaginait sans peine le nombre de femmes qui avaient dû succomber à son charme.

— Et de la pire espèce ! continua Ben.

Comme c'était triste ! Nora ne s'imaginait pas avec un père pareil. Le sien n'était pas un saint, mais au moins, ce n'était pas un coureur de jupons.

— Tu n'es pas censé te mêler à l'assistance ?

— Si, merci de me le rappeler.

Nora but son champagne à petites gorgées tandis que Ben se frayait un chemin à travers la foule des invités. Même avec ses béquilles, il était sûr de lui et son élégance n'en souffrait pas.

« Emmett's Mill a besoin de quelqu'un comme lui », se dit-elle.

Puis elle trouva sa réflexion saugrenue. Ben distribuait des poignées de main et des sourires. Son monde était ici, sur les collines de San Francisco parmi ces hommes en smoking et ces dames en robes du soir.

Un homme en queue-de-pie envahit tout à coup son espace visuel et sa présence la mit immédiatement en alerte. La façon dont il la déshabilla du regard la mit très mal à l'aise. Tout, chez cet homme, respirait le vice et la corruption. Buster, le volailler de son village, avait dix fois plus de classe que cet homme à qui elle sourit pourtant poliment.

A son grand soulagement, il s'éloigna vers un groupe de connaissances sans être venu lui parler.

Ben avait repéré le manège de l'importun.

— Lui non plus, ce n'est pas un ami.

— Je m'en doute.

Elle glissa son bras sous celui de Ben qui l'attira gentiment vers lui.

Elle se laissa faire, avec la sensation familière d'avoir toujours connu sa douce tiédeur.

Ils se dirigeaient vers leur table lorsqu'une voix féminine interpella Ben. Il se détourna en réprimant une grimace, lorsqu'il reconnut la jeune femme en robe bleue qui se précipitait vers eux.

Nora sentit son bras se crisper. Elle le lâcha aussitôt en l'interrogeant du regard.

Il n'eut guère le temps de lui expliquer qui était Elise Birkeland.

— Benjamin ! s'exclama cette dernière avec un accent nordique un peu forcé, mais qu'est-ce qui t'arrive, mon Dieu !

— Je me suis cassé la cheville.

— Pauvre chéri, tu aurais dû m'appeler !

Elle se campa devant lui en le fixant de ses grands yeux clairs.

— Tu ne me donnes plus de nouvelles. C'est comme si tu m'ignorais. Tu sais bien que j'ai horreur de ça.

— Quelle coïncidence ! Moi aussi, intervint Nora.

Elise leva un de ses sourcils parfaitement épilés.

— Oh, pardon, mademoiselle. Je n'avais pas vu que vous étiez ensemble.

— Nous ne sommes pas ensemble, je ne suis que le chauffeur.

Sa plaisanterie alarma Ben. Pour lever toute ambiguïté, il prit son bras et l'attira doucement près de lui.

— Elise, je te présente Nora. Nous sommes ensemble…

Elise le regarda par en dessous.

— Bon, dans ce cas, je ne te dérange pas plus longtemps. A une autre fois…

— Peut-être, répondit-il vaguement.

Et il inclina poliment la tête en guise de salut. Elise était une belle femme. De longs cheveux blonds encadraient son fin visage, mais à côté de la sémillante Nora, elle n'était pas de taille à rivaliser. D'ailleurs, les autres hommes ne s'y trompaient pas. Tous suivaient Nora des yeux et Ben ne pouvait s'empêcher d'en ressentir une certaine fierté.

— Cliente, collègue ou inconnue ? demanda Nora.

— Ex-petite amie. Pourquoi ? Tu es jalouse ?

La jeune femme se mordit la lèvre, honteuse de l'impression qu'elle lui donnait.

— N'en parlons plus. Où sont nos places ? Je meurs de faim.

Il la guida au milieu des tables, regrettant que ses béquilles l'empêchent de la prendre par la taille.

Il tira sa chaise le temps qu'elle s'asseye. Elle fut très sensible à cette marque de galanterie.

L'étude Franklin, Mills & Donovan avait retenu une table pour huit personnes, toutes aimables et charmantes, excepté un homme que Nora repéra immédiatement à cause de ses manières obséquieuses. Il ne lui fallut que quelques minutes pour comprendre que Ben ne supportait pas plus qu'elle cet odieux personnage.

D'abord parce qu'il plongea son regard dans le décolleté de la jeune femme sans même chercher à se cacher. Une bouffée de colère monta à la tête de Ben. Mais au lieu de foudroyer son collègue de ses yeux verts, il s'arma d'un large sourire et s'efforça de rester courtois.

— Félicitations, Ted, pour l'affaire Wilson. J'ai appris que tu avais eu du fil à retordre.

— Merci. Ce n'était pas un cadeau, répondit le Ted en question, bien obligé de détourner les yeux pour lui répondre.

Puis, sans s'étendre davantage, il prit place à côté de Nora, ce qui mit Ben au comble de la fureur.

— Nous n'avons pas été présentés, dit-il d'un ton mielleux, en prenant la main de la jeune femme.

— Ted Paulsen, Nora Simmons, dit Ben entre ses dents.

« Et maintenant tu lâches sa main, ou je fais un malheur ! »

— Nora… quel beau prénom ! Vous êtes de San Francisco ?

Nora sourit.

— Non, heureusement. Je ne pourrais pas vivre dans une aussi grande ville.

L'avocat roula des yeux surpris.

— Vous n'aimez pas San Francisco ?

— La ville est magnifique, mais c'est la vie que les gens y mènent qui ne conviendrait pas.

— Où habitez-vous ?

— En pleine campagne, à trois heures d'ici, dans les montagnes.

— Que fait une aussi jolie femme loin de tout ? Vous ne trouvez pas le temps long ?

— Certainement pas. J'adore la compagnie des vaches, au moins elles ne racontent pas de bêtises !

— Amusant, répondit son interlocuteur, décontenancé.

— Et vous ? Vous êtes d'ici ?

— Oui, oui. Je suis bien obligé à cause de ma carrière. Vous ne travaillez pas, je suppose…

— Bien sûr que si ! Je suis paysagiste. J'aménage des jardins, des parcs. Les gens ont aussi du goût à la campagne, vous savez.

Devant l'expression ahurie de Ted, Ben sentit ses zygomatiques le chatouiller tant il avait envie de rire. Sacrée Nora. Quel bon sens de la repartie !

Ted Paulsen finit tout de même par comprendre que Nora se moquait gentiment de lui. Il saisit la première occasion pour mettre fin à leur conversation et se tourner vers l'autre partie de la table.

— Bien, souffla Ben dans l'oreille de la jeune femme, tu lui as cloué le bec.

— Merci, dit-elle à voix basse. J'en ai assez de ces clichés sur les gens de la campagne.

— Ted est une véritable caricature dans ce domaine.

— Ce type sent l'arriviste à plein nez. Tu en connais beaucoup, des types comme lui ?

— Oui, malheureusement.

Durant le dîner, différentes personnalités, plus ou moins célèbres, se succédèrent au micro.

— Si je comprends bien, nous sommes entourés de milliardaires qui veulent faire parler d'eux, c'est bien ça ? finit par demander Nora.

— Oui et non.

D'un geste discret, Ben montra la table située dans

son dos, où trônait une dame âgée entourée de ses protégés.

— Tu vois cette femme, derrière moi ? C'est Ada Willows, la plus grosse fortune de la baie. C'est une femme bien qui déteste toutes ces facéties. Elle n'est pas dupe et considère tous ceux qui lui font des courbettes — genre ton voisin, précisa-t-il tout bas — comme des pique-assiettes.

Nora tendit le cou pour voir de qui il était question, puis elle se pencha vers Ben.

— Que vient-elle faire ici, dans ce cas ?

— Elle est là pour la bonne cause, sincèrement. Elle consacre une partie significative de sa fortune aux enfants malades.

L'expression de Nora s'adoucit.

— Ça me rassure de savoir que des privilégiés font profiter les autres de leur fortune. Si tous les milliardaires avaient ce sens du partage !

Sa remarque ramena les pensées de Ben vers ses grands-parents, qui, sans être des gens très riches, auraient pu vivre de manière décente s'ils n'avaient dilapidé leurs biens.

Ada Willows pouvait se permettre d'aider ceux qui en avaient besoin, mais B.J. Hollister avait donné plus que de l'argent, il avait sacrifié son temps et son travail. Une attitude qu'il avait du mal à comprendre, contrairement à Nora.

La jeune femme rayonnait d'équilibre et de sérénité. Sa beauté et sa sensualité étaient indéniables. Mais elle avait quelque chose en plus : l'intelligence du cœur et c'était ce qui le séduisait par-dessus tout.

La soirée touchait à sa fin. Contrairement aux autres dîners mondains où Ben, pressé d'en finir, ne cessait de regarder sa montre, il ne vit pas le temps passer.

Dehors, une brume légère voilait à peine les myriades de lumières qui scintillaient en guirlandes autour de la baie.

— Ben, je craignais de m'ennuyer, mais finalement j'ai passé un très bon moment.

— Je suis heureux que tu ne te sois pas ennuyée.

— C'était très instructif. J'en aurai appris ce soir ! Et puis ça m'a donné l'occasion de porter cette robe, ce qui m'arrive rarement.

— Le plaisir était pour moi. Tu es ravissante. Le rouge souligne ton côté piquant.

— Merci.

— Où allons-nous à présent ? Est-ce que tu aimerais aller boire un verre sur North Beach ? C'est l'endroit le plus animé de la ville, le soir.

— D'accord. Mais avant, je passerais bien par ton

appartement pour changer de tenue et de chaussures. Mes pieds n'en peuvent plus !

— Chez moi ? Bien sûr. Tu as des vêtements de rechange ?

— Oui.

— Alors, en route…

Chapitre 13

Nora poussa un long soupir de soulagement en retirant ses escarpins. Le plancher était doux et frais sous ses pieds nus. Elle remua ses orteils tout rouges.

— Ouf! J'ai si peu l'habitude de porter des chaussures à talons. Je suis plutôt du genre bottes et baskets!

Elle n'était pas une adepte du « il faut souffrir pour être belle », pourtant elle avait tout mis en œuvre pour être digne de paraître au bras de Ben et pour le séduire.

En voyant la lueur qui brillait dans son regard, elle se dit que le sacrifice d'un ou deux orteils en valait la peine.

— Tu peux utiliser la chambre d'amis, lui dit-il, en ouvrant une porte. En attendant, je peux te servir un verre, si tu veux. J'ai un très bon vin californien millésimé.

— Avec plaisir.

Mais au lieu d'aller se changer, Nora passa dans le

salon. Elle sourit en se remémorant ses impressions la première fois qu'elle avait mis les pieds dans l'appartement de Ben. Pourquoi le trouvait-elle plus cosy ce soir ? Etait-ce l'éclairage ? Et pourquoi n'allait-elle pas changer de robe ?

Côté cuisine, Ben, en équilibre sur un pied, se battait avec son tire-bouchon.

— Tu veux de l'aide ? lui proposa Nora.

— Euh… peut-être…

La jeune femme le rejoignit près du comptoir et lui prit la bouteille des mains. Elle la posa doucement sur le plan de travail. Il la regarda d'un air circonspect.

— Qu'est-ce que tu fais ?

— Je ne suis pas certaine que nous en ayons besoin.

— Tu préfères une biè…

Elle lui posa la main sur l'épaule.

— J'ai avant tout besoin de me débarrasser d'une obsession.

Les yeux de Ben se troublèrent.

— Quelle obsession ?

— Toi.

Elle caressa ses lèvres des siennes, tout en le poussant gentiment vers le comptoir. Les deux béquilles tombèrent au sol et il l'enlaça avec un gémissement de plaisir. Il enfouit son visage dans ses cheveux qui sentaient la fougère, tandis que ses mains caressaient la peau satinée de ses épaules. Puis il prit son visage entre ses paumes et le contempla avant de fondre sur sa bouche.

En dépit de son équilibre instable, il la hissa sans peine sur le comptoir. Elle était aussi légère qu'une plume. Sans interrompre leur baiser, elle noua ses jambes autour de sa taille pour l'attirer contre elle.

Il s'écarta de sa bouche avec un grognement de frustration. Nora exerçait sur lui un pouvoir qu'aucune femme n'avait jamais eu. Il plongea son regard dans ses grands yeux gris et crut y voir un abîme prêt à l'engloutir. Comme un homme sur le point de sombrer, il se raccrocha aux derniers vestiges de sa raison.

— Nora, je ne suis pas certain que ce soit une bonne idée.

Pantelante, la jeune femme l'attira contre lui.

— Moi non plus.

— Bon, dit-il dans un souffle.

Et il reprit sa bouche, dévorant ses lèvres avec passion. Elle avait gardé le goût de leur enfance. Un flot de sensations folles l'assaillit et il avait le plus grand mal à contrôler le désir qui embrasait ses veines. Il aurait voulu arracher sa robe et la posséder tout de suite, là, sur le comptoir.

La jeune femme soupira d'aise en resserrant ses jambes autour de lui, manifestant clairement ainsi son désir de le sentir en elle. Son corps était souple et chaud dans ses bras. Elle gardait les mains nouées dans sa nuque pour mieux le plaquer contre ses seins ronds et fermes à travers lesquels il percevait les battements désordonnés de son cœur.

Il sentit les deux mains de la jeune femme glisser vers la ceinture de son pantalon. Dans l'urgence de caresser sa peau nue, elles dégagèrent fébrilement les pans de sa chemise.

Les muscles du ventre de Ben se tendirent lorsque Nora entreprit de déboutonner son pantalon.

— Nora, murmura-t-il contre sa bouche, tu es sûre que c'est bien ce que tu veux ?

Pour toute réponse, elle agrippa les revers de son veston et l'attira plus près d'elle encore.

— Ne dis rien, embrasse-moi.

Alors, à cet instant, Ben décida d'oublier tous les signaux d'alerte qui retentissaient dans sa tête. Un besoin sauvage et primitif le dévorait tout entier.

Il ne ressentait plus aucune douleur au niveau de sa côte et de son poumon. C'était comme si ses blessures n'avaient jamais existé. Tout ce qui le dominait, c'était la chaleur de Nora, sa douceur et le désir inextinguible de la posséder tout entière.

Ils gagnèrent la chambre lentement, avec maladresse, mais cela n'avait aucune importance.

Nora descendit la fermeture Eclair de sa robe en soie et la laissa glisser à ses pieds. Ses deux seins jaillirent comme deux beaux fruits, quand elle dégrafa son soutien-gorge.

Immédiatement, le cœur de Ben battit à la vitesse d'un cheval au galop.

La jeune femme retira ensuite les épingles qui emprisonnaient ses cheveux dans un chignon serré. Libérées, ses boucles blondes retombèrent souplement sur ses épaules rondes.

Le souffle coupé, Ben la regarda avancer et venir se presser contre sa hanche.

— Tu es si belle, Nora, murmura-t-il.

— Ne me dis pas que tu es impressionné !

Il caressa sa taille fine, admirant les reflets de la lune sur sa peau diaphane.

— Non, je ne le suis pas, dit-il d'une voix rauque.

— Tant mieux.

D'une voix enrouée par le désir, elle ajouta, en glissant sa cuisse entre ses jambes :

— Moi non plus.

Une lueur impudique brillait au fond de ses yeux gris.

— Nora, tu me rends fou !

Il se renversa sur le lit, entraînant la jeune femme sur lui. Il se laissa déshabiller et ils roulèrent ensemble pour que Nora se retrouve sous lui. Il se croyait dans une position plus confortable, jusqu'à ce que la réalité se rappelle à eux.

— Aïe ! s'écria Nora, heurtant son plâtre, laisse-moi revenir sur toi, ce sera plus facile.

Il grimaça.

— Mon plâtre n'était pas prévu au programme.

— Prévu au programme ? Moi qui croyais que tout ça était improvisé.

Au lieu de répondre, il reprit ses lèvres en la caressant avec une infinie tendresse.

Il avait une longue expérience des femmes. Néanmoins, avec Nora, il avait l'impression de découvrir l'amour. Ils roulèrent à nouveau pour se retrouver dans la première position.

L'exquise torture qu'il ressentait sous ses caresses éveillait en lui des sensations extraordinaires. Son désir, de plaisir devint douleur, mais il ne voulait rien précipiter et continua à la caresser jusqu'à ce qu'elle s'arque à sa rencontre.

Quand leur attente devint insupportable, il ouvrit le tiroir de la table de nuit et prit un préservatif, avant que leurs corps fusionnent et que tous deux basculent dans un autre monde parfait et lumineux, à la hauteur de leur passion.

***

Nora s'éveilla en sursaut, désorientée durant quelques secondes. A la lumière qui inondait la pièce, elle comprit que c'était déjà le matin. Un léger ronflement près de son oreille la ramena au présent et immédiatement, souvenirs et sensations déferlèrent.

Ben était l'amant dont rêvent toutes les femmes. Il avait réveillé en elle une sensualité qu'elle ignorait. Elle tira le drap sur son corps nu et contempla le visage de Ben plongé dans un profond sommeil.

L'initiative de leurs ébats était venue d'elle et elle ne regrettait rien. Du moins pas pour le moment.

Elle frotta ses paupières encore lourdes avant de s'extirper doucement du lit. Une douche et un café, voilà de quoi elle avait besoin pour se remettre les idées en place.

Un regret lui traversa l'esprit, tandis qu'elle gagnait la salle de bains à pas de loup. Pourquoi ne restait-elle pas blottie contre le corps nu et chaud de l'homme qui l'avait portée au septième ciel toute la nuit ?

« Parce que c'est une mauvaise idée ! »

Elle avait assouvi son désir. L'histoire s'arrêterait là. Ben n'aurait pas envie d'aller plus loin. Elle savait depuis le début qu'un avenir ensemble était impossible pour eux.

Imaginer Ben habiter à Emmett's Mill était aussi fou que la voir s'installer à San Francisco.

La veille au soir, elle avait pu vérifier, non sans

un grand soulagement, que Ben n'était pas de ces requins qui s'enrichissent sur le dos des autres. Mais il lui fallait bien admettre qu'il était chez lui, ici. Il évoluait dans ce milieu urbain aussi naturellement qu'un poisson dans l'eau.

C'était un brillant avocat. Ses collègues comme ses clients avaient de la considération pour lui. Elle ne l'arracherait jamais à une profession qui était au centre de sa vie.

Ils retourneraient à Emmett's Mill pour le temps que durerait encore sa convalescence, puis la vie reprendrait son cours et elle oublierait ses rêves. Cette nuit merveilleuse serait elle aussi rangée dans son coffre à souvenirs, comme leur baiser d'enfance.

La jeune femme demeura longtemps sous la douche, comme si l'eau allait lui laver le cerveau et chasser l'odeur épicée de Ben qui imprégnait ses narines et chacun des pores de sa peau.

La salle de bains était à l'image de Ben : spacieuse et élégante, dans les tons gris et blanc. Nora enjamba la grande vasque en porcelaine et s'enveloppa dans un des épais draps de bain soigneusement empilés sur les étagères de verre.

Il ne lui restait qu'à retourner enfiler les vêtements de rechange qu'elle avait apportés la veille.

Quand elle rouvrit la porte de la chambre, Ben

était assis dans le lit et il l'accueillit avec un grand sourire.

— Tu aurais dû m'attendre, je serais venu te rejoindre sous la douche.

— Bonjour, Ben.

— Tu viens m'embrasser ?

Elle hésita avant de s'approcher du lit.

Ben la prit par le cou.

— Hum, tu sens bon, ma chérie.

Elle frémit au contact de ses lèvres chaudes et ferma les yeux, pour mieux goûter son baiser, avant de le repousser doucement de la main.

— Ne traînons pas, j'ai une réunion de chantier à midi.

Sur ces mots, elle se leva et quitta la chambre.

— Nora, attends…

Mais la jeune femme avait déjà pris ses vêtements dans son sac et disparu dans la chambre d'amis.

Elle s'adossa à la porte refermée derrière elle, en serrant ses vêtements contre sa poitrine.

Ben la suivit et frappa à la porte.

— Nora ? Que se passe-t-il ?

— Rien.

Il y eut un silence. Il frappa de nouveau.

— Ouvre-moi, s'il te plaît. Pourquoi est-ce que tu t'enfermes ?

— Je m'habille.

— O.K., dit-il, en détachant les deux lettres.

Elle devait lui paraître insensée, mais tant pis. Elle avait envie de partir au plus vite. Chacun retournerait à ses activités. S'ils se touchaient, leurs sens prendraient une nouvelle fois le dessus.

Cette seule pensée lui arracha un long frisson.

Si elle avait cédé à son désir la veille au soir, c'était pour se libérer d'une obsession, pas pour avoir envie de recommencer le lendemain.

Quand elle se décida à ouvrir la porte, il attendait, l'épaule appuyée au chambranle. Ses traits étaient tirés. Devant son air abattu, un sentiment de culpabilité assaillit la jeune femme.

— Tu vas bien ?

Elle effleura son torse. Il tressaillit. Elle ne sut si c'était de douleur.

— Rien de cassé, j'espère ?

— Non, non, tout va bien, et toi ?

— Je vais très bien, mentit-elle, mais dépêchons-nous de nous habiller, parce que je dois vraiment y aller.

— J'ai une meilleure idée.

Il lui prit la taille et l'attira contre lui. Elle résista avec un petit grognement. Le drap de bain tomba à ses pieds. Elle se retrouva nue contre lui.

— Retournons nous coucher, dit-il en la caressant.

— Pas question. Ce serait une grosse erreur.

— Je suis d'accord.

— Tu es d'accord ?

— Absolument.

— Alors lâche-moi.

— Certainement pas.

Il l'entraîna vers la chambre.

— C'est peut-être une mauvaise idée, mais je la trouve excitante. Nous sommes bien quand nous sommes ensemble, Nora. Et moi aussi, j'ai besoin de me libérer de mon obsession.

— Oh ! dit-elle dans un souffle.

Que pouvait-elle répondre à cela ? C'était l'argument qu'elle avait utilisé la veille.

Déjà la bouche avide de Ben dévorait son cou et son visage de baisers. Troublée, elle tenta une dernière esquive.

— Je vais être en retard. J'ai plusieurs rendez-vous.

— Annule !

— Ce n'est pas possible.

Parvenu dans la chambre, il la poussa sur le lit avec la vigueur d'un homme en pleine possession de ses moyens. Comme elle ouvrait la bouche pour protester, il la bâillonna de la sienne.

Les ultimes scrupules de la jeune femme se noyèrent dans un gémissement d'abandon, quand les lèvres de Ben se refermèrent sur son sein pour en taquiner doucement la pointe frémissante.

Chapitre 14

Ils ne regagnèrent Emmett's Mill que dans la soirée. Dès 9 heures, le matin, Nora avait prévenu Sammy par téléphone afin qu'en son absence il gère l'équipe et organise le travail de la journée.

A l'égal de leur nuit, les heures du jour s'étaient écoulées dans l'enchantement des sens. En fin d'après-midi, après une sieste torride, ils avaient pris un bain chaud et parfumé.

Le temps passait trop vite. Nora aurait aimé l'arrêter d'un coup de baguette magique. Il n'y avait pas un centimètre carré de peau, pas un recoin d'elle que Ben n'avait exploré. Son corps garderait longtemps la mémoire de toute cette jouissance.

Au volant de la voiture, alors qu'ils regagnaient le village et que la fièvre retombait, Nora réalisa que jamais elle ne serait rassasiée de Ben Hollister.

Et c'était bien là le problème, car elle n'avait pas l'impression que c'était réciproque. Certes il lui avait fait l'amour comme jamais aucun homme ne lui avait fait l'amour et dans la voiture encore son regard brillait de désir.

Mais il ne lui avait rien déclaré, ne lui avait fait aucun serment. Elle ne demandait pas qu'il tombe à ses pieds. D'ailleurs, les amoureux transis la lassaient vite. Toutefois, un peu de romantisme et un témoignage d'affection l'auraient rassurée. N'être qu'un pur objet de désir ne la satisfaisait pas. De Ben, elle attendait plus. Beaucoup plus…

La voiture remonta l'allée. Ils en descendirent sans un mot.

Nora récupéra son sac dans le coffre.

Une brise légère soulevait ses cheveux blonds. Dans le concert du chant de grillons, il entendit à peine sa voix.

— Je vais te laisser…

Ils connaissaient maintenant le corps de l'autre par cœur et pourtant, en cet instant, elle avait l'impression qu'ils redevenaient étrangers l'un à l'autre.

— Tu as besoin de quelque chose ? lui demanda-t-elle d'un ton mal assuré.

Ben la regarda avec une telle intensité qu'elle

détourna la tête pour ne pas tomber dans le piège que lui tendait son silence éloquent.

— Tu sais très bien de quoi j'ai besoin, finit-il par dire.

— Je ne me comptais pas parmi les posibilités…

Un de ses escarpins rouges dépassait de son sac. Elle l'enfonça pour faire disparaître ce vestige de leur soirée mirifique.

— Je parlais de nourriture ou de produits de première urgence.

— J'ai envie de répondre que le plus urgent pour moi, c'est de te serrer dans mes bras, mais mon petit doigt me dit que tu n'es pas d'humeur à ça.

— Tu ne te trompes pas.

— Au moins c'est clair.

— Ecoute, Ben. Aujourd'hui, nous avons pris du bon temps, mais je dois me remettre au travail. J'ai perdu toute ma journée à…

Le mot « perdu » n'était peut-être pas le plus approprié.

Elle inspira profondément avant de poursuivre rapidement :

— Il est temps de revenir à la réalité. Nous ne sommes plus des enfants.

La lumière s'éteignit d'un seul coup dans les yeux de Ben. Elle comprit qu'elle l'avait blessé.

— Très bien.

— Très bien ? répéta-t-elle.

Il se redressa en soupirant.

— Je ne suis pas à une déception près. J'en ai vu d'autres, Nora.

— Ah… Ça ne te fait rien que je parte, alors ?

— Je ne m'étais jamais senti aussi bien avant ces vingt-quatre heures que nous venons de passer ensemble. Je voulais juste t'inviter à dîner pour ne pas nous quitter comme ça, aussi brusquement, mais si tu as mieux à faire, je peux le comprendre.

Nora se mordit les lèvres. Encore une fois, elle aurait mieux fait de réfléchir avant de s'emporter. La proposition de Ben partait d'un bon sentiment. C'était une manière tendre de lui faire comprendre que pour lui le sexe n'était pas le seul moteur de leur relation.

Et honnêtement, elle n'était pas pressée de mettre un point final à cette inoubliable journée.

— Propose toujours, suggéra-t-elle d'une petite voix.

L'expression de Ben changea aussitôt. Les yeux verts retrouvèrent leur éclat et la jeune femme en ressentit des fourmillements de la racine des cheveux jusqu'au bout des orteils.

Tomber amoureuse de Ben était ce qui pouvait lui arriver de pire à ce moment de sa vie. Entre son métier qu'elle adorait et sa soif d'indépendance, elle était parvenue à un précieux équilibre qu'elle tenait à préserver.

Longtemps elle avait pensé au garçon qu'elle avait embrassé dans la crique. Ce souvenir avait fini par s'ancrer dans sa mythologie personnelle, comme un trésor secret qui avait enchanté son enfance et son adolescence. Réveiller ce qu'elle avait mis des années à enfouir comportait des risques. Elle n'était pas sûre cette fois d'être capable d'éteindre ce feu que Ben venait de ranimer.

— Est-ce que tu acceptes de rester dîner avec moi ?

Elle hocha la tête.

— Pourquoi pas ? J'ai un peu faim.

— Mon réfrigérateur est plein et tu as pu vérifier que j'avais du mal à cuisiner avec mes béquilles. Tu pourras m'aider.

Déception... Il ne lui proposait pas de rester pour passer une autre soirée avec elle, mais parce qu'il avait besoin d'une cuisinière.

— J'ignorais que cuisiner faisait partie de mon contrat.

— Je crois que si, tenta-t-il de plaisanter.

Devant son air indigné, il crut bon d'ajouter :

— Tu n'es pas obligée de rester. Je te le proposais en tant qu'amie.

En tant qu'amie ? Son cœur se serra. Les sentiments

qu'elle éveillait chez lui n'étaient donc rien de plus que de l'amitié, alors qu'elle le croyait en proie à la passion, comme elle.

— C'est ce que nous sommes pour toi, Ben ? Amis ?

Il mit du temps avant de répondre :

— Je ne saurais définir exactement quel sentiment nous unit. Tout ce que je sais, c'est que tu es différente des femmes que j'ai connues. Ta compagnie est un vrai bonheur. Je ne parle pas seulement de sexe, si c'est la question que tu te poses. Même s'il n'existe rien de plus beau que faire l'amour avec toi, ça ne fait pas tout.

Il savait parler aux femmes.

— Entendu, je reste dîner, mais seulement dîner, précisa-t-elle. J'ai besoin de garder la tête froide et je suis trop troublée dès que tu me touches.

Ben haussa un sourcil moqueur.

— Message reçu. Tu n'auras pas besoin de me le répéter. Tu restes juste pour dîner.

Un inexplicable sentiment de déception envahit la jeune femme. Elle avait envie de se gifler pour se comporter aussi sottement. A quoi jouait-elle ? Pourquoi tendait-elle les bâtons pour se faire battre ? Elle rêvait de passer une nouvelle nuit dans ses bras, s'arrangeait pour le décourager et quand il se pliait à ce qu'elle prétendait souhaiter, elle avait envie de fondre en larmes.

Son indécision la mettait en rage. Elle se croyait libre vis-à-vis des hommes et avec Ben, elle se comportait comme une midinette. Elle ne savait plus où elle en était. L'avenir l'effrayait.

Dans trois semaines, il repartirait à San Francisco, la maison de ses grands-parents serait vendue et leur histoire s'arrêterait là, comme n'importe quelle passade ou amourette de vacances.

— Je vais porter mon sac dans mon pick-up pour être sûre de ne pas l'oublier en partant, dit-elle pour marquer le coup.

Qui cherchait-elle à convaincre ? Lui, ou elle ?

Ben ne s'attendait pas à ce que Nora soit une aussi piètre cuisinière.

— Je n'ai jamais prétendu être un cordon-bleu, se défendit-elle.

Le couvercle dans la main, elle plissa le nez au-dessus de la casserole de riz.

— Il est trop cuit.

— C'est ce que je vois, dit Ben en riant.

Il prit la casserole et la posa dans l'évier, puis la remplit d'eau froide pour éliminer l'amidon.

— Comment se fait-il que toi, qui as grandi avec deux grandes sœurs et une mère, tu n'aies jamais appris à cuisiner ?

— Ce n'était pas la peine. Natalie et ma mère se chargeaient de tout, les menus, les courses, les préparations. Et puis elles me chassaient de la cuisine. Il faut avouer qu'à chaque fois que j'ai voulu me lancer, j'ai provoqué des catastrophes. Ou je faisais tout brûler, ou ce n'était pas cuit. Bref, la cuisine ce n'est pas mon truc. Pourtant j'apprécie les bons plats.

Elle aida Ben à égoutter le riz.

— Comment tu fais, à présent que tu vis seule ? Tu ne prends quand même pas tous tes repas au restaurant ?

— Je suis la reine des pâtes. J'en mange à presque tous les repas.

Ben sortit les assiettes en porcelaine blanche du bahut. Nora les récupéra et les posa sur la table de la cuisine.

— Eh bien moi, j'adore cuisiner, dit-il, ça me détend quand j'ai la tête pleine de mes dossiers.

— Tu cuisines pour qui ? Pour toi tout seul ?

— Oui, je préfère manger un plat préparé par mes soins plutôt que le contenu d'une barquette surgelée à réchauffer au micro-ondes.

Tout en parlant, il goutta la sauce à base de tomates et de champignons qu'il avait préparée pour le risotto.

Si la cuisson du riz laissait à désirer, la garniture était appétissante.

— Où dînons-nous ? demanda-t-elle. Dans la salle à manger ?

— Oui, bien sûr. Il y a des nappes dans le buffet.

Nora porta les assiettes et les couverts en argent dans le séjour.

Elle sortit une belle nappe blanche en lin, certainement brodée par Corrinda. Un léger parfum de lavande resta un instant suspendu dans l'air quand elle la déplia.

Après avoir mis le couvert, elle retourna dans la cuisine chercher les verres et le vin.

— Hum, ça sent bon ici…

Dans une poêle, des morceaux de poulet revenaient avec des oignons et des pignons de pin.

Toutes ces odeurs appétissantes lui mettaient l'eau à la bouche. Ben avait préparé des crudités qui attendaient dans un plat à côté d'un bol de guacamole. Ne pouvant résister, Nora prit un morceau de céleri qu'elle trempa dans la sauce et qu'elle dégusta en fermant les paupières, pour mieux en savourer le parfum.

— C'est bon ? demanda-t-il.

Elle ouvrit les yeux.

— Délicieux, dit-elle, en se léchant les doigts. Quel est ce petit goût particulier ?

— De la noix de muscade.

— C'est ta mère qui t'a appris à cuisiner ?

— Certainement pas. Personne ne cuisinait chez moi. Mon père ne mangeait que des sandwichs et ma mère était toujours au régime.

— Alors où as-tu appris ?

— A l'université. J'étais le seul à ne pas rentrer chez mes parents pour les vacances. Au début, je me préparais des plats pour m'occuper, puis j'y ai pris goût et je me suis peu à peu perfectionné.

Elle l'écoutait en mâchant sa branche de céleri. Ben interpréta son silence comme un questionnement. Elle devait réfléchir à ce qu'il venait de dire. Leurs vies respectives étaient si différentes. Nora n'avait pas eu besoin d'apprendre à cuisiner, parce qu'elle était bien entourée de sa famille. Lui avait appris parce qu'il était seul.

— Explique-moi un peu comment ça se passe, quand on naît avec une cuillère en or dans la bouche, demanda-t-elle soudain.

— Ce n'est pas si différent des autres enfances, à part que je n'avais jamais vu de mûriers. Tu avais l'air d'une sauvageonne ce jour-là, avec tes cheveux en bataille qui te tombaient sur la figure. Je n'avais jamais croisé de fille aussi culottée que toi. Tu n'avais peur de rien à dix ans. Ce qui n'empêchait pas que tu étais déjà très jolie.

— Tu répètes ça à toutes les femmes ?

— Non, pas du tout, Nora, dit-il en toute honnêteté, je ne suis pas ce genre d'homme qui raconte des salades.

— Je sais. C'est une qualité rare, qui peut devenir un défaut parfois. C'est à cause de ta franchise que ta dernière petite amie t'a quitté ?

Elle savait parfaitement qu'elle s'aventurait sur un terrain mouvant, mais elle avait besoin d'y voir plus clair.

Il soupira.

— Oui, il y a de ça. Quand je lui ai dit que je ne croyais pas au mariage, elle n'a pas supporté.

Ou à l'amour plutôt, mais il garda cette révélation pour lui.

— Elle avait des projets différents des miens. Elle voulait non seulement se marier, mais avoir aussi des enfants. Nous n'étions pas sur la même longueur d'onde.

— Pourquoi est-ce que tu ne crois pas au mariage ?

— Parce que mon métier m'a échaudé. Il m'apprend tous les jours que le mariage est une arnaque. Quand je vois que des gens se sont aimés, se sont prêté serment, pour finir par s'entredéchirer, comment veux-tu que je puisse croire à une telle institution ?

La jeune femme baissa la tête vers son morceau de céleri avec lequel elle jouait du bout des doigts.

— Un problème ?

Elle leva les yeux. Elle avait l'air triste, même si elle essayait de le cacher.

— Non, tout va bien.

— Tu es sûre ?

— Oui. Explique-moi pourquoi tu n'es jamais revenu à Emmett's Mill, après ce fameux été.

— Je voulais revenir, c'est mon père qui m'en a empêché.

— Pourquoi ?

— Parce qu'il haïssait ses parents. L'été où nous nous sommes connus a été exceptionnel. Mes parents m'avaient envoyé ici pour se débarrasser de moi, afin de régler leur divorce sans m'avoir dans leurs jambes.

— Tu avais envie de revenir ?

— Oui.

Elle se détendit légèrement.

— Chaque été, j'ai espéré ton retour, en vain. Je t'en ai voulu. Ça me gâchait mes vacances.

— Je suis désolé.

Il lui caressa la joue.

— Te voilà rassurée, aujourd'hui ?

— Je suis partagée.

— Pourquoi ?

— Nous n'aurions jamais dû coucher ensemble, dit-elle doucement.

Sa réflexion désarçonna Ben. Lui n'était pas de cet

avis. Au contraire. Maintenant qu'il avait goûté son corps, il ne pensait plus qu'à recommencer.

— Admettons que tu aies raison, dit-il à contrecœur. Mais ce qui est fait est fait. Impossible de revenir en arrière.

Il éteignit le feu sous la poêle.

— C'est prêt. Passons à table…

La jeune femme prit les crudités et le bol de guacamole et les porta dans la salle à manger.

Ben posa un couvercle sur la poêle.

Ils prirent place à la grande table. Ben servit le vin. Il leva son verre et regarda la jeune femme droit dans les yeux.

— Soit nous faisons comme si rien ne s'était passé et nous nous promettons de ne plus recommencer, soit nous continuons à nous voir jusqu'à ce que nous en ayons assez l'un de l'autre.

— Pardon ?

— Arrivera un moment où nous aurons moins envie de nous voir.

— C'est ainsi que tu vois les choses ?

— Il faut rester réaliste, Nora. La passion ne dure qu'un temps. Après une période d'euphorie, notre attirance réciproque diminuera et chacun rentrera dans ses pénates.

Dans le regard que Nora lui jeta, il eut une désagréable impression de déjà-vu.

Le son du glas résonna immédiatement dans sa tête. Mais il était trop tard. Il savait déjà ce qui allait se passer.

— Merci de m'avoir clairement exposé ta façon de voir, dit-elle en se levant, mais je crois que notre période d'euphorie va s'arrêter là, si tu n'y vois pas d'inconvénient. A partir de cet instant, nos rapports redeviennent ce qu'ils étaient, à savoir strictement professionnels. Quant à ma passion pour toi, considère-la comme définitivement éteinte.

— Nora…

Sidéré, il la regarda se lever, conscient qu'il venait lui-même de mettre un terme à leur belle aventure.

Il tenta de la rattraper, mais elle fut plus rapide. Le temps qu'il atteigne le hall, elle avait disparu.

Pestant contre sa cheville cassée, il se précipita sur le perron, juste à temps pour voir le pick-up disparaître dans la nuit.

En quelques secondes, tout le bonheur des dernières vingt-quatre heures venait de partir en fumée.

Il referma la porte et retourna dans la cuisine.

L'excellente sauce pour le risotto termina dans la poubelle.

C'était peut-être mieux ainsi. Une rupture trop tardive n'apportait que haine et rancune.

Alors pourquoi ressentait-il une douleur atroce au

niveau du sternum, comme s'il avait reçu un coup de poing ?

En tant qu'avocat, il savait très bien comment fonctionnait l'amour. L'amour était une symbiose chimique entre deux êtres, une poussée hormonale. L'idée de l'amour éternel n'était qu'une chimère. Un jour, on s'apercevait que les petits chevaux étaient de bois. Toutes les illusions s'envolaient et le retour à la réalité était terriblement douloureux.

C'était ce qu'il n'avait pas eu le temps d'expliquer à Nora.

Bientôt, il aurait oublié la manière dont la lueur des bougies jouait sur sa peau de miel, ou ce minuscule tatouage chinois en bas de ses reins qu'il s'était plu à embrasser. Il avait oublié de lui demander la signification de ce symbole. Il ne le saurait jamais.

Il termina de ranger la cuisine et retourna dans la salle de séjour, pour débarrasser les restes de ce dîner qui n'avait pas eu lieu. Nora avait à peine trempé ses lèvres dans son vin.

Un son s'échappa de sa gorge. Un sanglot ?

Il se hâta d'effacer toute trace de ce triste fiasco. Il jeta le vin dans l'évier et plaça assiettes et couverts dans le lave-vaisselle.

Pourquoi les femmes étaient-elles aussi compliquées ?

Pourquoi ne vivaient-elles pas au jour le jour, comme lui, sans se raconter des contes de fées ?

« Tu sais bien que Nora n'est pas une femme comme les autres. Tu n'avais jamais rencontré quelqu'un comme elle, et cette occasion ne se reproduira plus. »

Chapitre 15

Plongé dans le dossier Wallace, Ben réfléchissait aux cas similaires qu'il avait traités auparavant. Comment défendre un client qui demandait la lune ?

L'horloge comtoise du salon sonna 9 heures. Epuisé par une nuit agitée et sans sommeil, il avait préféré se lever à l'aube pour ne plus penser qu'au travail. Les heures s'étaient écoulées. Il n'avait guère avancé.

Des petits coups frappés à la porte d'entrée le sortirent de sa morosité. Il prit ses béquilles et se rendit en clopinant dans le hall d'entrée. Par la vitre, il vit Nora et Buster qui discutaient sur le perron.

Il ouvrit. Dès qu'elle le vit apparaître, Nora lui montra le panier que tenait Buster.

— Une deuxième chance de réussir ton omelette ! lança-t-elle.

— Petit déjeuner au lit ?

Il tenta la plaisanterie, tout en s'attendant à recevoir une volée de bois vert.

Au lieu de cela, Nora lui dédia un grand sourire commercial dénué de toute chaleur, avant de l'abandonner à Buster qui suivait l'échange avec un vif intérêt.

— Vous avez tiré le bon numéro, lui dit Buster avec un clin d'œil complice, tout en suivant des yeux la jeune femme qui s'éloignait pour sortir son outillage de son pick-up.

Ben lui prit le panier d'œufs des mains.

— De quoi est-ce que vous parlez ?

— Allons, mon garçon, je suis peut-être âgé, mais je n'ai pas les yeux dans ma poche ! J'ai bien vu qu'entre vous, il y avait anguille sous roche.

— Qu'est-ce qui vous permet de penser ça ?

Buster lui adressa un nouveau clin d'œil.

— A d'autres ! Je vois bien comment vous la regardez.

— Vous vous faites des idées. Mlle Simmons travaille ici et il se trouve que nous nous entendons bien, mais ça ne va pas plus loin.

Il ne manquerait plus que Nora et lui fassent le bonheur de tous les colporteurs de ragots de la petite ville !

— O.K., O.K. ! Je n'ai rien dit ! Tenez… Voilà des bons œufs, pondus de ce matin.

— J'apprécie que vous teniez à régler vos dettes, monsieur Buster, c'est tout à votre honneur… mais j'estime que vous ne devez plus rien à mon grand-père.

Buster secoua la tête.

— Ce qui est dû est dû. Je n'ai qu'une parole. A la semaine prochaine…

Ben voulut protester, mais le vieil homme avait déjà tourné les talons.

Avec un soupir d'impuissance, il assista au départ du fermier en se disant que décidément, il ne se ferait jamais à la mentalité des gens d'Emmett's Mill. Nora avait raison : il était un indécrottable citadin.

La jeune femme réapparut juste à ce moment-là à l'angle de la maison.

— Ne te fatigue pas. Il reviendra quoi que tu dises ou fasses. Les gens du coin sont comme ça. Ils ne sont peut-être pas bien riches, mais ils sont honnêtes…

— Ça, je crois que je l'ai compris ! Mais bon sang, Nora ! Qu'est-ce que je vais faire de tous ces œufs ?

— Tu as vu sa facture ? Combien doit-il encore ? Je veux dire en œufs, précisa-t-elle, en se retenant de rire.

— Encore six mois !

— Eh bien, veinard, tu vas en faire des omelettes !

— Arrête !

Que se passerait-il, le jour où il retournerait à San

Francisco ? Il abandonnerait sa créance à une œuvre de charité ?

— Où en sont tes travaux ? demanda-t-il.

— Viens te rendre compte par toi-même…

Ben descendit prudemment les marches de pierre pour la rejoindre dans le jardin. Enfermé dans son bureau à trier les papiers de son grand-père, il n'avait pas encore pris le temps de faire le tour du jardin.

Le travail accompli le stupéfia. La jeune femme n'avait pas perdu son temps. Le jardin était méconnaissable. Défriché et nettoyé, il paraissait beaucoup plus grand et offrait une vue imprenable sur le lac.

A la place de ce qui avait été l'ancienne pelouse, devenue par la suite une véritable forêt vierge, la terre avait été labourée, ratissée, tamisée. La jeune femme avait fait poser un brumisateur pour la préparer à recevoir le gazon dans les meilleures conditions.

La fontaine en pierre était en cours de restauration car le lierre et les lichens qui l'avaient envahie l'avaient sérieusement corrodée.

Nora avait posé des balises pour faire creuser un bassin rond qui accueillerait des poissons, ce qui avait soulevé de nombreuses discussions entre eux. Elle avait argué qu'un bassin aménagé avec la fontaine au milieu donnerait une note exotique qui ajouterait de la valeur à la maison. De son côté, Ben avait des doutes sur l'intérêt d'avoir un bassin dans son jardin, alors qu'il y avait un lac au pied de la colline.

Il s'arrêta devant une structure en bois.

— Qu'est-ce que c'est ?

— La tonnelle.

— La tonnelle ?

— Oui, la tonnelle. Tu as oublié ? La tonnelle qui ouvre sur le jardin d'herbes…

— Le jardin d'herbes ?

La jeune femme poussa un soupir d'impatience.

— Oui, le jardin d'herbes ! Tu as la mémoire courte ou tu n'écoutes rien de ce que je te dis ? Si ça ne te convenait pas, il fallait te manifester avant. J'ai déjà commandé les plants.

— Pourquoi voudrais-je un jardin d'herbes ? Je n'en vois pas l'utilité. Tu as réussi à me convaincre pour le bassin et les poissons, mais je ne pense pas qu'un jardin d'herbes fera mieux vendre la maison.

Nora rangea ses outils dans la benne de son pick-up.

— Nous n'avons vraiment pas les mêmes valeurs toi et moi ! Mais je connais mon métier. Un jardin d'herbes aromatiques apporte de la fraîcheur, des senteurs agréables et une touche d'originalité, même si tu ne les utilises pas.

— C'est ridicule ! Pourquoi planter des herbes aromatiques si c'est juste pour les regarder ?

— Je n'ai pas dit qu'on les plantait juste pour les regarder, j'ai dit qu'elles apportaient de l'originalité, des parfums... Tu saisis la différence ?

— Non.

Son ton sarcastique commençait à agacer Ben. Le croyait-elle aussi stupide ?

— C'est un dialogue de sourds, dit-il.

— Quand on est de mauvaise foi comme toi...

Comme elle passait devant lui pour déposer un dernier outil dans son pick-up, il lui saisit le bras. Elle lui lança un regard glacial.

— Tu te rappelles ce qui t'est arrivé la dernière fois que tu m'as attrapé le bras de cette façon ?

— Excuse-moi, dit-il en la lâchant. Je souhaite juste que tu te calmes et que tu m'écoutes.

Il désigna son pied.

— Si je t'ai attrapé le bras, c'est parce que je me sens en position d'infériorité physique.

Elle leva les yeux au ciel, signifiant clairement de cette manière qu'elle faisait peu de cas de son handicap momentané.

La dégradation de leur relation désolait Ben. Il ne savait plus comment rattraper la situation.

Il commença par adoucir le ton.

— Repartons de zéro, proposa-t-il.

Pour toute réponse, il n'obtint qu'un nouveau soupir excédé.

— Nora, ce que je t'ai dit hier soir manquait totalement de tact, je le reconnais. Mais je déteste mentir ou donner de faux espoirs. Je refuse de te faire croire que je pense me marier et avoir des enfants. Ce n'est pas mon projet, c'est tout. Il n'empêche que je suis heureux quand je suis avec toi et que j'aimerais te voir le plus souvent possible.

Elle se tourna face à lui, poings sur les hanches, la tête légèrement inclinée vers l'épaule et l'étudia un long moment. Puis elle planta son regard dans le sien.

— C'est ce que tu appelles repartir de zéro ? lui demanda-t-elle d'un air incrédule.

Comme il hochait la tête, elle se frappa le front de la paume de la main.

— C'est bien ce que je pensais : tu n'as rien dans le crâne !

— C'est toi qui ne veux rien entendre…

— Tu ne comprends rien aux femmes et je ne suis pas étonnée du tout que tes petites amies t'aient laissé tomber ! Qu'est-ce que tu crois ? Que parce qu'une femme a fait l'amour avec toi elle attend que tu lui proposes le mariage ? Nous sommes au XXIe siècle, mon ami. Atterris !

— Nora, tu as dit toi-même que…

— Je n'ai pas envie de poursuivre une relation avec un homme qui m'explique d'emblée que l'amour est une période d'euphorie passagère. Et pour ce qui est de ta proposition de continuer à nous voir tant que nous nous plaisons, sache que j'ai autant envie de faire l'amour avec toi que de me taper sur les doigts avec un marteau. Ton arrogance n'a d'égal que ton ego et je n'imagine personne capable de passer plus de dix minutes avec quelqu'un d'aussi exaspérant que toi. Est-ce clair, Benjamin Hollister ?

— Très clair.

Après quelques secondes d'hésitation, il lâcha une béquille et, prenant la jeune femme par le cou, il fondit sur sa bouche.

Nora gémit ou grogna — il eut un doute —, mais le son qu'il entendit lui fit l'effet d'une décharge électrique. Tandis que son sexe se durcissait contre le ventre de la jeune femme, il enfonça sa langue entre ses lèvres avec une violence telle qu'il chancela sur sa jambe valide. Croyant la partie gagnée, il allait l'entraîner avec lui vers le sol. C'était compter sans l'énergie et la hargne de Nora qui se libéra et le repoussa sauvagement.

Le dos de Ben heurta le mur de la maison. Il eut tout juste le temps de se rétablir pour ne pas tomber.

— Ne recommence jamais ça, dit-elle le souffle court.

Ils restèrent debout à se regarder en chiens de faïence, pantelants tous les deux. Les cheveux ébouriffés de la jeune femme tombaient sur ses yeux furibonds. Jamais

Ben ne l'avait autant désirée. Ce n'était pas qu'une question de sexe. Il la voulait tout entière pour lui.

— Dis et pense ce que tu veux, Nora, mais il se passe entre nous quelque chose que tu ne peux nier. La différence entre toi et moi, c'est que je suis lucide.

Elle déglutit comme si les mots qu'elle tentait de prononcer l'effrayaient. Finalement, elle se redressa et dit avec un calme maîtrisé :

— Ben, si tu sais exactement ce qui se passe entre nous et comment ça va finir, arrêtons dès maintenant. En tout cas, c'est ma décision à moi. Et tu ne me touches plus ou je démissionne ! C'est compris ?

Recroquevillée dans le vieux rocking-chair de son père, fixant sans le voir le soleil couchant qui embrasait la terrasse, Nora entendait de loin ses sœurs se chamailler à propos de Gerald Simmons.

Elle avait pris l'habitude de ces petits accrochages, depuis que Tasha était revenue au pays. Son absence, pendant la maladie et au moment de la mort de leur mère, lui avait coûté son statut d'aînée. Natalie avait tendance depuis à prendre des initiatives sans la consulter, ce qui provoquait des discussions sans fin entre elles deux.

En temps ordinaire, Nora serait venue mettre

son grain de sel, mais aujourd'hui le cœur n'y était pas. Les jambes repliées contre elle, elle se balançait doucement en regardant l'horizon d'un œil vide, sur fond des bruits familiers de la maison.

Personne encore ne s'était aperçu de sa présence, puis Tasha apparut sur le seuil de la porte.

— Tiens, tu es là ? Tu aurais pu venir me soutenir !

— Pourquoi est-ce que vous vous disputez ? lui demanda mollement Nora, davantage pour lui faire plaisir que par intérêt pour la querelle.

Elle n'avait pas saisi le motif précis de la discussion. Son esprit était ailleurs.

Tasha poussa un gros soupir.

— Natalie a trouvé tes bières dans le frigo et les a jetées. Elle prétend que papa ne doit rien boire à cause de son cœur.

Nora se redressa dans son fauteuil.

— Il faut que Natalie arrête de surveiller papa comme un enfant ! Il va bien. Elle le materne trop, beaucoup plus que maman ne le faisait. On n'a qu'une vie et papa a bien droit à quelques petits plaisirs. Une bière de temps en temps ne va pas le tuer. Il est plus solide que ça !

Tasha gloussa doucement et ne put s'empêcher de prendre la défense de sa sœur.

— Elle croit bien faire. Je suis partie trop longtemps

de la maison, c'est ma faute. Pendant mon absence, elle s'est sentie obligée de tout prendre en mains.

— Peut-être, mais ce n'est pas une raison. Papa n'est pas un alcoolique parce qu'il boit une bière de temps en temps. A force de tout lui interdire, Natalie va finir par le stresser. Et pour le coup, le stress n'est pas bon pour le cœur.

Tasha approuva d'un hochement de tête.

— Nous sommes sur la même longueur d'onde. Nous en reparlerons ensemble à la prochaine occasion. A présent, dis-moi un peu, ma belle, qu'est-ce qui ne tourne pas rond, chez toi ? Ce n'est pas ton style de rester silencieuse dans ton coin.

Nora répondit par un haussement d'épaules évasif.

Tasha insista.

— Ne me raconte pas d'histoires ! Je vois bien que tu n'es pas dans ton assiette.

— Ne t'inquiète pas pour moi. Je gère, la rassura Nora. C'est juste un problème professionnel.

— Avec ce client que tu évoquais il y a une quinzaine de jours ?

— Lui-même.

— Il te drague ?

— Il y a de ça.

— Ah, murmura Tasha, et toi, tu en penses quoi ?

Nora la regarda d'un air morose. Elle aurait menti si elle n'avait ressenti l'impérieux besoin de se confier. Alors pourquoi pas à sa grande sœur ? Tasha en avait vu d'autres, elle était capable de comprendre.

— Tu l'aimes ? insista Tasha.

— J'ai eu comme un coup de foudre à l'âge de dix ans. Je ne l'ai jamais oublié et aujourd'hui, je viens de prendre conscience que je tenais vraiment à lui.

— Eh bien, où est le problème ?

— Le problème c'est que c'est un mufle. Et bien sûr, il cachait bien son jeu. Je le prenais pour quelqu'un de bien. Quelle idiote !

— Tu t'en es rendu compte après avoir couché avec lui ?

Gênée, Nora détourna les yeux.

— Oui, dit-elle simplement, et il me déçoit.

— Il ne correspond pas à l'image que tu te faisais de lui ?

— Non.

— Tu le voyais comment ?

— Je le prenais pour un homme responsable.

« Et prêt à tout pour moi. »

Elle ravala ses mots et haussa les épaules.

— Aucune importance. Je me suis trompée, voilà tout.

***

Depuis qu'il était levé, Ben guettait le pick-up de Nora. Quand il entendit un bruit de moteur, il se précipita vers la porte, aussi vite que ses béquilles et son plâtre le lui permettaient.

Son espoir fut de courte durée. Ce n'était pas le pick-up de la jeune femme qui remontait l'allée, mais celui de son collègue, le grand brun avec qui elle riait et chahutait quelques jours auparavant.

Ben s'avança sur le perron.

L'homme ouvrit sa portière.

— Nora vous fait dire qu'elle ne viendra pas aujourd'hui.

— Pour quelle raison ?

L'homme descendit et vint se camper en bas du perron. Posant un pied sur la première marche, il prit le temps de se rouler une cigarette avant de répondre :

— Elle a un rendez-vous avec un client important sur la côte, mais ne vous faites pas de soucis, le travail sera fait quand même. Elle m'a donné ses directives.

L'avancée des travaux n'était pas vraiment ce qui souciait Ben.

— Elle ne viendra pas du tout de la journée ?

— Non.

— Elle n'a rien dit d'autre ?

L'homme se gratta la tête. Ben n'était pas dupe. Il voyait bien qu'il faisait semblant de réfléchir.

— Non.

Ben l'observa en plissant les yeux.

— Vous ne m'aimez pas beaucoup, hein ?

Suivit un long silence, puis :

— Non et je vais vous dire pourquoi. Je n'ai jamais vu Nora dans un état pareil. J'ignore ce que vous lui avez fait, mais plus vite vous quitterez le pays, mieux ça vaudra pour elle.

— Vous étiez son petit ami ? risqua Ben.

Il préférait ne pas imaginer Nora dans les bras de ce malotru en jean usé jusqu'à la corde, avec ses bottes crottées et sa cigarette coincée entre les lèvres.

— Vous n'y êtes pas du tout ! Je suis son ami d'enfance, son ami le plus cher et c'est réciproque. Je me présente : Sammy Halvorsen. Et vous, vous êtes l'héritier des Hollister et vous voulez vendre leur maison au meilleur prix. Sachez que Nora a un cœur sensible sous ses airs de harpie. Donc tenez ce que je vous dis pour un conseil : déguerpissez d'ici. Nous n'avons pas besoin de gens comme vous à Emmett's Mill et Nora non plus.

— Nora est une adulte. Elle n'a besoin de personne pour parler à sa place.

Les mains crispées sur ses béquilles, il se demanda pourquoi il perdait son temps à discuter avec ce grossier personnage. Il avait surtout envie de lui mettre son poing dans la figure. Mais comme il ne voulait pas éliminer ses chances de se réconcilier avec Nora, il se dit qu'il valait mieux user de diplomatie et rester poli.

Mais il entendait bien remettre l'homme à sa place. Il n'aimait pas qu'on vienne lui donner des leçons de savoir-vivre. Encore moins qu'on lui dicte sa conduite et qu'on lui dise de décamper de chez lui ! Car enfin, jusqu'à preuve du contraire, cette maison lui appartenait !

— Je vous remercie du conseil, monsieur Halvorsen, dit-il en tâchant de maîtriser sa voix et de garder son calme. Mais ce qui se passe entre Nora et moi est du domaine privé et ne regarde que nous. Aussi, afin de préserver nos relations de travail, je vous prie de ne plus vous mêler de nos affaires.

Le petit rire méprisant de Sammy faillit le faire sortir de ses gonds.

— Vous avez beaucoup à apprendre sur la vie à la campagne, *monsieur* Hollister. Rien n'est du domaine privé chez nous, autant que vous le sachiez, au cas où vous auriez l'intention de vous installer ici.

— Et pourquoi en aurais-je l'intention ? demanda Ben avec dédain.

— Parce que vous en pincez pour Nora, la bonne blague ! Ça crève les yeux. Mais vous ne l'aurez pas comme ça. Nora est une femme fière. Et vous n'arriverez à rien, tant que vous vous y prendrez comme un manche avec elle. De toute façon, elle mérite mieux que vous.

La gorge de Ben devint toute sèche. Les remarques de l'homme lui firent froid dans le dos. Il préféra abandonner.

— Restons-en là, monsieur Halvorsen. Je vous laisse travailler.

Il entra dans la maison et fit claquer la porte derrière lui.

L'ami de Nora n'avait pas tort. La jeune femme était trop fière pour accepter un compromis.

Elle était amoureuse de lui et ne le lui avait pas caché. Pourtant, elle avait eu suffisamment d'élégance et de courage pour interrompre une relation sans lendemain. Il avait beau en souffrir, une partie de lui-même admirait sa détermination.

Restait à savoir s'il était capable de vivre sans elle.

A chaque fois qu'elle s'éloignait, il avait l'impression de manquer d'air.

Il se réfugia dans le bureau. Le vieux fauteuil s'était fait à lui. Au contact du cuir doux et usé, il retrouvait un peu de la chaleur de ses vacances d'été, l'odeur des pâtisseries qui embaumait la maison, la voix grave de son grand-père qui racontait des histoires sur les gens du coin.

Les deux coudes sur le bureau, il plongea la tête

dans ses mains. C'était la première fois de sa vie qu'il ressentait le poids de la disparition de ses grands-parents et de son immense solitude.

La pièce lui était devenue familière. Il aimait le mélange des odeurs du bois ciré et du cuir, le sympathique fouillis qui régnait sur les étagères. Il y avait des photos dans des cadres en bois tout simples, dont une qu'il aimait particulièrement. C'était un cliché qui montrait Corrinda et B.J. enlacés devant la maison, à l'époque où le jardin resplendissait de couleurs. Serrés amoureusement l'un contre l'autre, ils avaient l'air de jeunes mariés posant devant le rosier grimpant en fleur. B.J. portait le grand chapeau de cow-boy en paille tressée que Ben avait retrouvé dans sa chambre.

La gorge serrée, il interrogea longtemps la photo. Quel était le secret de leur bonheur ? Pourquoi son père n'en avait-il pas hérité ? Pourquoi ne lui avait-il rien transmis de ces deux êtres qui resteraient à jamais des étrangers pour lui ?

Il décrocha le téléphone pour composer le numéro de Wallace, afin de lui faire une nouvelle proposition. L'appréhension lui nouait le ventre. Non content d'être un pingre, son client était un escroc et Ben savait d'avance que la conversation téléphonique serait désagréable.

Il repensa à Buster, à l'intégrité du brave homme qui payait consciencieusement sa dette, petit à petit et avec les moyens du bord. Il se revit condescendant devant le premier panier d'œufs et il se demanda comment sa perception des autres avait pu s'altérer à ce point. Il commençait à réaliser que vivre replié sur soi ou au contact de gens pervertis, contamine l'âme et mortifie le cœur. Il s'était tellement complu dans le célibat et la solitude que s'était atrophié en lui tout sens de la relation humaine. Il était devenu incapable de communiquer ou de ressentir une quelconque tendresse, une quelconque empathie envers les autres.

Nora était la première personne qui ébranlait ses émotions dans leur fondement, mais en même temps, il restait persuadé que cette passion ne serait qu'un feu de paille. Il était convaincu que des deux, ce serait elle qui se lasserait la première. Une sueur froide mouilla son dos à l'idée de voir un jour disparaître ce feu que l'amour donnait à ses beaux yeux gris.

Son regard interrogea de nouveau l'image un peu passée de B.J. et Corrinda. Aurait-il vu le monde différemment s'il avait été élevé par ses grands-parents ou s'il leur avait au moins rendu visite chaque été ? Serait-il devenu un autre homme ?

Il tenta d'imaginer à quoi ressemblerait sa vie s'il avait une épouse, des enfants. Il n'y parvint pas. Il ne pouvait pas dissocier l'idée du mariage et de la vie familiale des drames auxquels il était confronté dans le cadre de sa profession.

La même question revenait toujours : pourquoi deux êtres qui s'étaient aimés se retrouvaient-ils devant un tribunal à se battre pour se partager des meubles qu'un jour ensemble, tendrement enlacés, ils avaient choisis ?

Et les enfants ? Pourquoi en avoir si c'était pour leur infliger autant de souffrance ?

Il ferma les yeux. Une vision fugace surgit dans son esprit : celle d'une fillette blonde pleine d'esprit, comme Nora, et d'un petit garçon aux yeux verts et au sourire timide.

Il se leva du fauteuil aussi vite que le lui permettaient sa côte et son poumon convalescents et quitta le bureau à cloche-pied pour fuir ces images saugrenues.

Chapitre 16

Ben avait rendez-vous avec le Dr Hessle pour une visite de contrôle et Nora devait l'accompagner. Avec ce qui s'était passé la veille, elle regrettait de devoir le faire et de ne pas avoir trouvé un autre chauffeur.

A présent, il était trop tard pour se défiler et la perspective de revoir Ben lui donnait des angoisses.

Elle mit du temps à s'extirper de son lit, s'attarda sous la douche et rêva un long moment devant un bol de café qu'elle laissa refroidir et ne but pas.

Pouvait-elle encore abandonner le projet de rénovation du jardin ? Quel homologue pourrait-elle contacter ? Elle ne se sentait plus le courage de côtoyer Ben à longueur de journée.

Pourtant, en s'asseyant au volant de Bettina, elle vérifia son maquillage et sa coiffure dans le rétroviseur, préférant attribuer ses efforts vestimentaires, comme la jupe étroite qui lui moulait les hanches et les escarpins à talons hauts, au fait qu'il fallait être présentable pour se rendre en ville.

Elle ne doutait d'ailleurs pas que la boulangère ou le vieux Dr Hessle seraient sensibles au mascara qui lui allongeait les cils et accentuait la profondeur de son regard !

En arrivant chez Ben, elle sourit de satisfaction en découvrant le travail effectué par Sammy. Il avait taillé les arbres du verger et biné tous les talus destinés à accueillir les massifs de fleurs.

Corrinda et B.J. auraient été émerveillés. Le jardin revivait comme aux plus belles heures de Corrinda. Les larmes vinrent aux yeux de la jeune femme.

Il lui fallut quelques minutes pour évacuer son émotion. Elle ne voulait pas que Ben la voie dans cet état. Il aurait pu penser que ses larmes étaient pour lui.

Un coup d'œil dans le rétroviseur la rassura. Son maquillage n'avait pas coulé.

Elle ouvrit sa portière qui grinça dans le silence matinal.

Le ciel clair et les senteurs musquées de la terre fraîchement remuée la ragaillardirent.

Elle frappa, puis entrouvrit la porte d'entrée et passa la tête à l'intérieur.

— Le taxi est prêt! Départ dans deux minutes, lança-t-elle.

Ben apparut, adorablement ébouriffé et les yeux bouffis de sommeil. A son allure débraillée, elle se demanda s'il n'avait pas dormi tout habillé.

En même temps qu'elle se formulait la question, elle l'évacua de son esprit avec la joie mauvaise d'un enfant qui renverse une fourmilière.

Ben ne méritait pas son inquiétude.

— Je ne me suis pas réveillé, dit-il d'une voix empâtée, il faut que je prenne une douche.

Nora consulta sa montre.

— Tu as cinq minutes, pas davantage.

Il secoua la tête en montrant sa jambe plâtrée.

— J'ai besoin de plus, le temps que je protège mon plâtre prend déjà dix minutes. A moins que…

Il hésita.

— Tu m'aides.

Les yeux gris le cinglèrent comme un coup de fouet.

— Prends le temps qu'il faut. Tu t'arrangeras avec le médecin.

— Bon, bon… La douche sera pour plus tard. Je vais juste me rafraîchir le visage.

La jeune femme se félicita de cette mince victoire.

— Fais comme chez toi, lui dit encore Ben, en disparaissant dans le couloir.

Nora se retint de lui renvoyer une pique, préférant tourner les talons et filer dans la cuisine, afin de vérifier où en étaient ses réserves de nourriture et de produits d'entretien.

En ouvrant le réfrigérateur, elle ne put retenir un gloussement amusé, devant la quantité d'œufs qui augmentait de façon impressionnante.

Par contre, il commençait à manquer de beurre et de lait.

« Tant pis pour lui, il attendra. »

Sa mère l'aurait sermonnée pour son manque de charité. Mais Nora estimait ne rien devoir à Ben. N'étant pas particulièrement pieuse, ce n'était pas un homme comme lui qui allait l'inciter à faire preuve de générosité !

Elle soupira. Le pire, c'était que Ben aurait plu à Missy Simmons. Ça, elle en était certaine. Bel homme, fils de bonne famille, bien éduqué, raffiné, une brillante situation, il correspondait en tout point au gendre idéal.

Hélas, il valait mieux ignorer ce que cachaient son physique et ses manières de gentleman !

Nora reçut un petit choc en le voyant réapparaître

complètement métamorphosé, fraîchement rasé, les cheveux coiffés, élégant dans son costume clair.

Au fond, elle le préférait en tenue négligée. Dès qu'il se mettait sur son trente et un, il devenait intimidant.

Quel tort il avait de ne pas désirer d'enfants ! Avec un père pareil, ils eussent été magnifiques.

— Allons-y, dit-elle simplement.

— Je te suis.

Sa voix grave lui caressa le dos et, en sentant son souffle sur sa peau, elle devina son regard sur ses hanches qui ondulaient sous sa jupe fluide.

Elle pivota brusquement.

— Et n'en profite pas pour te rincer l'œil !

Ben rit d'avoir été surpris en flagrant délit et la jeune femme savoura en silence le plaisir d'être désirée. Comme c'était réciproque, elle se rassura en songeant qu'au moins leur différend n'avait pas altéré cette faim qu'ils avaient l'un de l'autre.

Le voyage se déroula dans le silence. Nora avait une réponse toute prête au cas où Ben serait revenu sur leur rupture, mais il ne lui fournit pas l'occasion de l'utiliser. Elle en ressentit une légère frustration.

A peine la porte de l'hôpital franchie, elle le planta au milieu du hall et se dirigea vers la salle d'attente.

— Tu m'y trouveras pour repartir…

Elle se laissa tomber dans un fauteuil et prit un magazine qu'elle commença à feuilleter, comme si Ben n'existait plus.

Celui-ci se résigna à rejoindre seul le bureau d'accueil.

La directrice du personnel, Mabel Hessle, l'épouse du Dr Hessle, s'avança vers Ben. Elle s'adressa à lui comme si elle l'avait toujours connu.

Nora, qui était restée attentive à la scène, en dépit d'une feinte indifférence, se souvint que Mabel était très liée avec Corrinda, ce qui expliquait son ton familier et chaleureux. Mabel félicita Ben sur sa carrière et sa réussite et lui déclara qu'elle était très heureuse de le savoir dans la région.

Ensuite, une infirmière accompagna Ben jusqu'au cabinet du médecin.

Nora se replongea dans son *National Geographic*. Mabel s'approcha alors d'elle.

— Bonjour, Nora, c'est toi qui as véhiculé Ben Hollister ?

— Bonjour, Mabel. Oui, c'est moi.

— Beau garçon, dis donc !

Mabel était une vieille dame charmante, pétrie de bonnes intentions, mais il fallait reconnaître qu'elle était aussi une véritable pipelette ! Mais une pipelette qui ne disait jamais de mal de son prochain.

Nora n'était pas d'humeur à entreprendre une conversation sur Ben et encore moins à entendre des compliments sur lui.

Elle se replongea dans sa lecture, ce qui ne découragea pas pour autant son interlocutrice, apparemment dévorée de curiosité.

— Tu le connais bien ?

— Un peu, je travaille pour lui, répondit évasivement la jeune femme, sans lever les yeux du journal.

— Nora-Marie ! Regarde-moi quand je te parle. Non mais !

A regret, Nora reposa son magazine.

— Ce n'est pas interdit de bavarder pendant le service ?

— Non, pas que je sache, en tout cas pas pendant le mien, fit Mabel avec un grand sourire. C'est rare de te voir en jupe…

Nora soupira. Le mieux était encore de détourner la conversation, faute de l'interrompre.

— Mabel, où en êtes-vous avec le loto ? Est-ce que vous avez remporté un tournoi dernièrement ?

— C'est drôle que tu me poses la question, parce que je viens justement de gagner un four. Mais comme j'en avais déjà un, j'en ai fait cadeau à Sunny Watkins. Depuis la mort de son mari l'année dernière, elle ne voulait plus rien cuisiner et se laissait dépérir. Depuis qu'elle a ce nouveau four, elle a repris plaisir à se concocter des petits plats.

— C'est gentil de votre part.

— On ne t'a pas vue au Club des Anciens ces derniers temps… Tu es donc si occupée que tu ne trouves plus une minute pour venir jouer avec nous ?

Nora ne put retenir un coup d'œil dans la direction qu'avait prise Ben pour rejoindre le cabinet du Dr Hessle et il n'échappa pas à Mabel.

— Oh, mon petit, ne joue pas à cache-cache avec moi ! Je ne te critique pas. Il est si charmant. Il ressemble à B.J., tu ne trouves pas ? Il a hérité de ses beaux yeux verts.

— Euh… oui, peut-être…

A son air rêveur, Nora se demanda si Mabel n'avait pas eu un flirt avec B.J., autrefois.

— En tout cas, il n'a pas son tempérament ni son intégrité, murmura-t-elle.

Mabel ne parut pas saisir le commentaire. Elle continuait à babiller.

— Si j'avais ton âge, je me laisserais tenter. Cet homme a tout pour lui. Beau, élégant, intelligent, bien élevé et il gagne bien sa vie. Ah et puis, qualité suprême : il est libre, lui !

Nora s'agita sur sa chaise en roulant des yeux exaspérés. Cette allusion à peine dissimulée à sa précédente aventure avec un homme marié l'agaça au plus haut point. Vivre dans une petite ville avait quand même ses inconvénients. Il était impossible d'y garder un secret !

— Oui, bon, il est parfait peut-être, mais il se conduit comme un ours mal léché. Je plains la femme qui devra le supporter !

Mabel sursauta.

— Quoi ? Ça m'étonnerait. Il est adorable.

— Oui, comme les chiots, jusqu'au jour où ils font pipi sur le tapis du salon.

— Oh ! Nora ! Si ta mère t'entendait ! Tu ne changeras donc jamais !

Nora grinça des dents. Oui, sa mère aussi aurait été leurrée par les beaux yeux de Ben. Non, elle ne changerait jamais.

A ce moment-là, Ben sortit du cabinet, suivi du Dr Hessle.

Sans s'enquérir des conclusions du médecin, Nora consulta sa montre.

— Tu gardes tes béquilles ? demanda-t-elle simplement, l'air déçu.

— Le Dr Hessle me recommande de ne pas poser encore le pied par terre. Par contre, ma côte est complètement guérie.

— Les articulations mettent plus de temps à

guérir, commenta le médecin. Vous avez bien suivi ma prescription ?

— Oui.

Nora regarda fixement le sol en pensant à leurs ébats.

— Pensez à votre cheville, insista le médecin.

— Entendu, docteur.

— Je sais que vous êtes un garçon sérieux.

Nora rongeait son frein en silence. Rien ne lui était plus pénible que d'entendre toutes ces louanges.

— Encore deux semaines de patience.

Le Dr Hessle accompagna ses paroles d'une tape amicale dans le dos de Ben.

— Il y a des organismes plus ou moins résistants. Certains mettent plus de temps à récupérer. Vous, vous êtes jeune et en pleine santé. Je ne me fais pas de souci pour vous.

— C'est l'homme de science qui parle ou l'homme tout court ? demanda sèchement Nora.

— Les deux, mademoiselle « je-sais-tout » ! répondit le vieil homme.

Le sourire victorieux de Ben mit les nerfs de Nora en boule.

— Toutes mes félicitations, Nora, pour ton rôle de garde-malade, dit-il encore. Tu seras disponible tous ces jours prochains ?

« Non ! Plus envie ! »

— Tant qu'il me paie, il n'y a pas de problème, fit-elle d'un ton doucereux.

— Le personnel est de plus en plus exigeant de nos jours, commenta le Dr Hessle en plaisantant.

Ben eut un petit rire. S'ils avaient été seuls, Nora lui aurait cassé l'autre cheville.

— Bon, on y va ? proposa-t-elle, en agitant ses clés de voiture.

Le Dr Hessle opina.

— Allez-y, je vous laisse. Moi aussi j'ai du travail.

Au moment où ils se dirigeaient tous les deux vers la sortie, Nora surprit le regard de connivence que Mabel échangeait avec son époux. Elle s'approcha d'eux.

— Tu peux penser ce que tu veux, Mabel, grommela-t-elle à mi-voix, ce type ne m'intéresse pas. Il est trop égoïste.

— Oh, Nora, ce n'est pas ce que tu crois, dit Mabel, je ne faisais aucun sous-entendu. C'est juste que Jim et moi cherchons un couple pour nous remplacer ce soir au tournoi de loto. C'est la finale et nous sommes invités à dîner chez les Johnson.

— Mabel…, l'implora Nora.

La jeune femme ne se voyait pas passer une soirée au Club des Anciens flanquée de Ben.

— Tu nous préviens à la dernière minute. Je serais étonnée que Ben soit libre.

Ben fit mine de réfléchir à son emploi du temps de la soirée et Nora était prête à lui témoigner sa reconnaissance s'il abondait dans son sens, mais au lieu de cela, il déclara avec un grand sourire qu'il était libre.

— Parfait ! s'exclama Mabel.

Elle se tourna vers son époux.

— Tu vois ? Je te l'avais dit.

Elle remercia Nora d'un sourire.

— Nous apprécions vraiment votre geste à tous les deux. Grâce à vous, nous gardons toutes nos chances de gagner cet écran plasma.

— Un écran plasma ? s'exclama Ben.

Mabel hocha vigoureusement la tête comme l'aurait fait une fillette.

— Oui, c'est un modèle dernier cri que nous n'avons pas les moyens de nous payer. Je vais prévenir Marie-Alice que nous avons trouvé des remplaçants.

Nora voulut protester. Mabel était une véritable championne, ce qui était loin d'être son cas. Elle n'avait pas son entraînement. Quant à Ben, à part le bridge, que connaissait-il des jeux de société ? Avait-il seulement entendu parler du loto ?

Devinant son embarras, le vieux médecin la prit gentiment par les épaules.

— Ne t'en fais pas mon petit. Tu n'avais aucune chance de lui échapper. Ça fait des semaines qu'elle mijotait de nous trouver des remplaçants, vous étiez au bon endroit au bon moment. Ou au mauvais endroit au mauvais moment, c'est selon !

Ben paierait cher de l'avoir trahie !

— A quelle heure devons-nous nous présenter ? demanda-t-elle en soupirant.

— 19 heures précises. Et pense à t'habiller légèrement, il fait chaud avec le monde et l'excitation qui monte…

Le sourire amusé de Ben la mit au comble de l'exaspération. S'il pensait avoir remporté une victoire, il allait vite déchanter ! Le Club des Anciens se situait à des années-lumière des soirées mondaines qu'il avait l'habitude de fréquenter.

Au final, ce serait elle qui s'amuserait à ses dépens !

Ben aurait accepté n'importe quoi pour passer une soirée avec Nora. C'est pourquoi la proposition de Mabel Hessle tombait à pic. Et pendant qu'ils roulaient vers le Club, il ne cessait de bénir l'épouse du médecin pour cette idée.

Il ne savait pas si Nora avait l'habitude de se faire

aussi belle pour aller jouer au loto, mais il la trouvait particulièrement ravissante avec sa jupe courte qui révélait ses jambes au galbe parfait. Des sandales de cuir mettaient en valeur la finesse de ses pieds. Elle portait un débardeur à bretelles fines et il aurait volontiers embrassé ses jolies épaules rondes et bronzées.

Un frisson le parcourut au souvenir des gémissements de plaisir que ses baisers avaient arrachés à la jeune femme. Que n'aurait-il donné pour goûter encore une fois sa peau satinée ou pour enfouir son nez dans ses cheveux soyeux qu'elle avait détachés et qui tombaient en boucles souples autour de son visage ?

Elle ne portait pas de bijoux, mais le gloss sur ses lèvres les rendait brillantes et pulpeuses comme un beau fruit d'été qu'il rêvait de dévorer.

Dès l'entrée dans le Club, Ben fut saisi par l'animation joyeuse qui y régnait.

Une dame aux cheveux argentés avec des reflets bleus tenait un bar à milk-shakes. Une autre fabriquait du pop-corn. Une odeur caramélisée planait dans l'air.

— C'est sympathique ici, commenta-t-il.

Sur la piste, un couple dansait sur un air de comédie musicale, évoluant avec la même énergie que Fred Astaire et Ginger Rogers.

Ben admira la rapidité avec laquelle ils effectuaient figures et passes compliquées. Nora lui expliqua que les deux danseurs étaient des professeurs de claquettes et que leur âge ne les empêchait pas de gagner de nombreux concours.

A voir l'accueil qui lui fut réservé, il était évident que Nora était chez elle ici. Elle connaissait tout le monde, nommait chacun et chacune par son prénom. Tous la saluaient avec chaleur, certaines dames la prenaient dans leurs bras en l'embrassant de bon cœur.

— J'adore ces soirées loto, dit-elle.

Elle s'éloigna sans lui laisser le temps de réagir. Ben la suivit des yeux, tandis qu'elle rejoignait l'animatrice, qui devait être la fameuse Marie-Alice.

Après une courte discussion, Nora revint avec un set de cartes numérotées et des jetons. Elle les tendit à Ben et lui indiqua une table.

— Allons vite nous asseoir, tant qu'il reste des places libres.

— Je n'aurais jamais imaginé que le loto avait autant de succès.

Il tira une chaise pour la jeune femme et attendit qu'elle fût assise pour s'asseoir lui-même. Elle le remercia d'un signe de tête distant et se pencha sur ses cartons de jeu.

— Quelles sont les règles ? lui demanda-t-il.

— Naturellement, tu ne sais pas jouer au loto…

— Et toi, tu sais jouer au water-polo ? rétorqua-t-il.

— Pourquoi voudrais-tu que je joue au water-polo ?

— Je pourrais te poser la même question à propos du loto.

Nora souffla avec agacement.

— Nous appartenons à des planètes différentes.

Elle étala les cartons et en plaça quatre face à Ben.

— Marie-Alice énoncera un par un les numéros qu'elle sort d'un gobelet. En même temps, ils s'afficheront sur le tableau lumineux derrière elle. A chaque fois, tu vérifies si tu as le numéro annoncé sur une de tes cartes. Si c'est le cas, tu places un jeton dessus. Tout va très vite, donc tu dois être à la fois attentif et rapide. Dès qu'une ligne est remplie, tu cries « loto » !

— Ça me semble très amusant. Est-ce qu'il y a un jargon particulier que je devrais connaître ?

— Non, tu dois juste faire attention à ne pas te tromper. Quand tu cries « loto », assure-toi que ce soient les bons numéros. Quelqu'un viendra vérifier et gare à toi si un des numéros n'est pas le bon. Au bout de trois erreurs, tu serais éliminé. Je pense que Mabel ne serait pas fière de toi !

Il se pencha et murmura à son oreille :

— Arrête, tu me fais peur !

Nora ne put s'empêcher de sourire.

— Ne te fie pas à leur âge. Certaines personnes présentes ici sont des adeptes du cross-country ou du VTT. Et tous ceux qui jouent sont des passionnés qui ne laisseront passer aucun chiffre.

— J'en prends note.

— Parfait. Tiens, tu vois ce monsieur qui vient d'entrer, là ?

Elle désigna un grand monsieur aux cheveux blancs qui ondulaient sur son crâne.

— C'est un professeur de jujitsu.

— Ouch ! Tu fais bien de me prévenir.

Autour d'eux, les tables se remplissaient à vue d'œil.

Petit à petit l'excitation gagnait Nora. Ses yeux pétillants suivaient les moindres faits et gestes de Marie-Alice qui installait son matériel.

— Attends-toi à vivre une expérience unique. Tu vas comprendre à quoi ressemble une partie de loto au Club des Anciens d'Emmett's Mill !

Il était prêt. Du moins le pensait-il.

Des heures plus tard, Ben était aussi fatigué que s'il avait joué au water-polo. Des gouttes de sueur roulaient dans ses sourcils. Il clignait des yeux, le regard rivé au tableau de Marie-Alice.

Apparemment, ils étaient en bonne position, mais la soirée était loin d'être finie. Une baisse de vigilance et tout pouvait être remis en question.

Nora était écarlate. Ses cheveux ébouriffés collaient à son front moite. De temps en temps, elle passait la pointe de sa langue sur ses lèvres desséchées. A chaque numéro gagnant, elle sursautait avec une telle vivacité que Ben craignait qu'elle ne tombe de sa chaise.

Arriva enfin le dernier tour. La tension était à son comble. Le poste de télévision trônait sur la stèle près de Marie-Alice qui vanta une nouvelle fois la qualité du produit.

— Et voici le dernier numéro, dit-elle, en ménageant le suspens. Qui gagnera ce magnifique écran plasma ?

Elle plongea la main dans le gobelet.

— Attention ! Tout le monde est prêt. Le numéro tiré est le…

Dans la salle on n'entendait pas une mouche voler.

Chacun était suspendu aux lèvres de l'animatrice.

— Le dernier numéro est le… B-13.

Un cri jaillit derrière Ben, tandis qu'un grognement

déçu roulait dans la salle. Nora tordit le cou pour voir qui était l'heureux gagnant.

Marie-Alice se précipita pour vérifier les numéros du vainqueur.

— Erreur ! Désolée, Stan. L'avant-dernier numéro n'est pas le bon. C'était un 11, pas un 7.

Le vieil homme leva les mains en signe de déconvenue, puis adressa un sourire penaud à ses voisins.

— Il nous reste une chance, alors, dit Nora en frappant dans ses mains.

Les yeux plissés de concentration, elle regardait Marie-Alice avec une telle intensité que Ben se demanda si elle n'envoyait pas des ondes pour communiquer à l'animatrice le numéro qui la ferait gagner.

— Tu crois à la télépathie ? lui demanda-t-il sérieusement.

Elle leva brièvement les yeux vers lui et revint à ses cases en serrant les poings appuyés de part et d'autre de son set de cartes.

— Allez, murmura-t-elle, D-14 ou F-20, que maman Hessle gagne cet écran plasma !

Ben pouffa de rire.

Maman…

Elle ferait une mère pas comme les autres. Vive et drôle. Toujours le mot pour rire. Il l'imaginait jouant au football avec un blondinet combatif, ou jardinant avec une fillette aux yeux gris.

Soudain, la jeune femme lui agrippa le bras. Elle pointait frénétiquement l'index en direction de sa carte.

Revenant brusquement sur terre, il comprit que le numéro sortant était inscrit sur une de ses cases.

— Loto !

Marie-Alice vint vérifier d'un rapide coup d'œil et le déclara gagnant.

— Ce n'est pas possible ! s'exclama Nora, en lui lançant un regard envieux, je n'en reviens pas que tu aies gagné !

Il éclata de rire. Il aimait son esprit de compétition et le cœur qu'elle mettait dans tout ce qu'elle entreprenait, y compris une banale partie de loto.

— Tu as une veine d'Irlandais, commenta-t-elle. Comment nous allons emporter ton prix ?

Sous les applaudissements de l'assistance, ils rejoignirent tous deux Marie-Alice. Celle-ci félicita Ben d'une chaleureuse poignée de main.

— Bravo, monsieur ?

Elle se pencha vers lui.

— Benjamin Hollister, dit-il, en souriant.

— Bravo, Benjamin.

Alors qu'explosait un nouveau tonnerre d'applaudissement, l'orchestre se mit à jouer. Aussitôt, les couples envahirent la piste.

Marie-Alice tendit un stylo à Ben pour qu'il signe

une décharge. Il lui demanda s'il pouvait laisser l'appareil sur place jusqu'au lendemain, à cause de la taille de sa voiture qui ne lui permettait pas de l'emporter.

Marie-Alice sourit.

— Vous êtes peut-être le propriétaire de cette voiture de sport garée sur le parking ? J'aurais dû m'en douter. Il n'y a aucun problème. Voici mon numéro de téléphone. Appelez-moi dès que vous pensez passer.

Il la remercia, puis entraîna Nora vers le bar à milk-shakes, regrettant de ne pouvoir l'inviter à danser.

L'ambiance de fête qui régnait dans le club aurait fait pâlir de jalousie les amateurs de soirées mondaines de San Francisco.

— Tu as soif?

— Oui, je suis complètement déshydratée.

Il consulta le panneau, affiché dans le dos de la serveuse.

— Fraise-banane ou banane-fraise ?

Nora éclata de rire.

— Commandes-en un de chaque. On partagera !

— Un fraise-banane et un banane-fraise, s'il vous plaît…

La serveuse aux cheveux gris bleuté leur servit en riant à chacun un énorme verre rempli à ras bord.

Nora ferma les yeux en aspirant goulûment à la paille.

— Hum, ça fait du bien…

Ben réprima son désir de planter un baiser sur ses lèvres gourmandes.

— Alors, tu t'es bien amusée ?

— Oui ! Je viens ici régulièrement et à chaque fois, c'est un vrai plaisir.

— Je m'en serais douté, à voir comment tu as été accueillie. Mais j'aimerais que tu m'expliques ton intérêt à rechercher la compagnie de gens qui ont trente ans de plus que toi, plutôt que fréquenter des personnes de ton âge ?

Il s'attendait à ce qu'elle l'envoie promener et le prie de se mêler de ses affaires.

A sa surprise, elle but une gorgée de milk-shake et répondit le plus calmement du monde :

— Parce que, contrairement aux gens de ma génération, comme tu as pu le constater, ceux qui fréquentent ce Club savent apprécier la vie. Ils ont de vraies valeurs. C'est devenu si rare de nos jours.

Ils restèrent encore une trentaine de minutes pour profiter de l'atmosphère festive qui les entourait. Plusieurs dames séduites par le charme de Ben vinrent le féliciter, en jetant des œillades entendues à Nora.

— Hum, je crois que je vais revenir…, plaisanta-t-il.

— Le succès te grise ou bien est-ce parce que tu es séduit par toutes ces dames qui te font la cour ?

— Les deux, mon capitaine !

Tout en regagnant le parking, Ben repensait à la soirée et à ce que lui avait dit Nora.

Il avait bondi sur l'occasion qui lui permettait de passer une soirée avec elle, ce qui restait un bonheur inégalable, mais en prime il avait découvert un milieu chaleureux et authentique à dix mille lieues des cercles huppés qu'il fréquentait habituellement.

Que Nora se plût en compagnie de ces personnes n'était guère étonnant. Leur honnêteté et leur chaleur humaine correspondaient bien à son caractère entier.

Il attendit d'être sur l'autoroute pour lui poser une question qui le tourmentait depuis un long moment déjà.

— Ce type dont tu parlais, l'homme marié… Il t'a fait du mal ?

Au lieu de répondre, Nora le regarda avec une expression circonspecte.

— Tu l'aimais ? Qu'est-ce qu'il t'a fait, pour que tu te méfies autant des hommes ?

Elle soupira.

— Je ne sais pas. Je suis mal tombée, voilà tout. Il était drôle, intelligent, séduisant. Nous nous entendions à merveille, autant intellectuellement qu'au lit. Mais il ne m'a jamais dit qu'il était marié. Il ne portait pas d'alliance. Chez lui, aucune photo ne m'a mis la puce à l'oreille. Et je ne lui ai posé aucune question.

— Il te recevait chez lui ? lui demanda Ben, étonné.

— Il possédait un charmant deux pièces à Elk Grove. Plus tard, j'ai découvert que c'était sa garçonnière. En réalité, il habitait une grande maison avec son épouse à Woodland Hills.

Elle baissa les yeux, comme si elle avait honte de sa crédulité. Un sentiment de révolte s'empara de Ben. Il haïssait cet homme !

— Tu sais, tous les hommes ne sont pas comme lui, dit-il gentiment.

— L'avocat défend la gent masculine, dit-elle en riant. Je sais, Ben, que tous les hommes ne sont pas comme Griffin, mais je n'en ai pas rencontré d'autres qui m'intéressent.

Elle avait détourné les yeux en prononçant ces mots.

Ben savait qu'elle ne disait pas la vérité. Elle avait cru à une nouvelle chance avec lui et il l'avait déçue, lui aussi. A la différence de Griffin, il ne lui avait rien caché, ne lui avait rien promis.

Il payait cher sa sincérité.

La voiture se gara dans l'allée de la maison dont la masse sombre se dessinait sur le ciel clair. Il faisait doux. L'air était parfumé de senteurs sauvages. En bas, sur les bords du lac, des milliers de grenouilles donnaient un joyeux concert sous le clair de lune.

Nora tendit la clé de la voiture à Ben.

Sans trop y croire, il l'invita à entrer prendre un verre.

Elle accepta.

Les rayons de la lune baignaient le salon de reflets argentés. Les tic-tac des pendules résonnaient à l'unisson.

Après avoir allumé une lampe d'angle, Nora se laissa tomber dans un des vieux fauteuils. Elle retira ses sandales et glissa ses pieds sous elle, en soupirant d'aise.

En la voyant se nicher dans ce fauteuil avec autant de naturel, Ben eut l'impression de la voir tout simplement rentrer chez elle. C'était comme si elle avait toujours habité la maison. Il imaginait mal une autre femme dans ses murs.

Il quitta la pièce un instant et revint avec deux verres de vin rouge.

Il en tendit un à la jeune femme.

— Mabel et Jim vont être aux anges de savoir que tu as gagné la télévision pour eux, dit-elle, en prenant le verre.

— Je suis curieux de voir leur tête, quand nous leur apprendrons la nouvelle demain. Tu pourras m'accompagner ?

— Bien sûr. Je trouverai un moment dans la matinée. Je vais les appeler pour leur donner rendez-vous au Club.

— En attendant, à ta santé…

Ils trinquèrent en se regardant dans les yeux.

Pour échapper au regard de Ben qui s'attardait sur elle, Nora pencha la tête vers son verre et huma le vin avant d'en boire une gorgée.

Le liquide chaud et corsé qui coulait dans sa gorge opéra comme un breuvage magique. Elle sentit ses muscles et ses nerfs se détendre. Son cœur s'alléger.

Pendant qu'elle buvait, Ben se mit à l'aise et déboutonna son col de chemise.

— Comment va ta cheville ? lui demanda-t-elle.

Mais son regard se promenait ailleurs, dans l'échancrure de sa chemise. Elle savait ce qu'il y avait dessous et elle avait du mal à penser à autre chose.

A son tour, Ben prit place dans un fauteuil.

— Ça va pas mal. A part quelques petits élancements par-ci par-là, je me sens nettement mieux.

— C'est une bonne nouvelle.

Le moment était venu de prendre congé. Le vin commençait à lui enflammer les sens. Si elle restait cinq minutes de plus dans ce salon, elle allait tomber dans les bras de Ben.

— Je dois y aller, dit-elle presque douloureusement.

Ben approuva d'un signe de tête, mais au moment où elle passait devant lui, il lui prit la main.

Sans savoir comment, elle se retrouva assise sur ses genoux. C'était tellement bon de se retrouver blottie dans la chaleur et la force de ses bras puissants.

— Ben…

— Chut…, murmura-t-il.

Dans la lumière dorée d'un rayon de lune, il attira sa bouche vers la sienne.

— Toute la soirée, j'ai attendu cet instant, murmura-t-il contre ses lèvres.

Pour la première fois depuis ce qui lui semblait une éternité, la jeune femme retrouvait la paix. Elle respira le parfum délicatement épicé de son compagnon et ses lèvres s'entrouvrirent pour permettre à la langue de Ben de venir jouer avec la sienne.

— Ma chérie, dit-il, encadrant son visage de ses deux mains, je t'ai dans la peau, je n'y peux rien.

— Moi aussi, je t'ai dans la peau…

Embrasée par le désir qui montait en elle, elle glissa ses mains sous sa chemise, libérant les pans qu'emprisonnait la ceinture de son pantalon. Elle caressa son torse doux et vigoureux. Cette impression mêlée de délicatesse et de puissance était tout ce qu'elle aimait chez lui.

Bientôt, les vêtements furent de trop. Comme elle

glissait doucement hors de ses genoux, il s'inquiéta qu'elle lui fausse compagnie.

Une fois debout, elle lui tendit les deux mains.

— Tu viens ?

Sans hésiter une seconde, il lui tendit les siennes.

Elle l'aida à se mettre debout et ils se retrouvèrent bien vite dans les bras l'un de l'autre, bouche contre bouche.

Sans cesser de s'embrasser, ils gagnèrent la chambre clopin-clopant et tombèrent sur le lit de Ben.

Il commença à la déshabiller. A mesure qu'il lui retirait ses vêtements, il redécouvrait son corps magnifique que soulignait la lumière tamisée de la lampe de chevet à abat-jour de dentelle blanche. Il caressa ses seins ronds et tièdes comme des fruits dorés, promena ses lèvres et sa langue le long de sa taille fine et de la courbe lisse de ses hanches.

Emerveillé, il savourait sa beauté en silence.

Quand à son tour il fut complètement nu, il enjamba la jeune femme et la contempla d'un air victorieux comme le trophée gagné au prix d'une lutte acharnée.

Nora aima ce regard de conquérant qui flattait sa féminité.

— Tu es tellement belle, murmura-t-il.

Il se pencha vers elle et captura ses mains dans les siennes pour les joindre au-dessus de sa tête. Il en faisait sa prisonnière. Elle ne pourrait plus lui échapper. A cette pensée, un frisson brûlant fusa à travers le corps de la jeune femme.

De sa main libre, il massa doucement ses seins, faisant jaillir leurs pointes rosées. Un gémissement de désir roula dans la gorge de la jeune femme. Et quand la langue chaude et lisse de Ben prit le relais de ses doigts, elle arqua son bassin à la rencontre de son sexe en érection.

Il lui lâcha les mains qu'elle vint nouer autour de sa nuque. Ils roulèrent ensemble et elle se retrouva sur lui.

Le regard voilé par le désir, elle bougea sur lui exactement comme il aimait, frottant son sexe contre le sien. Mais à sa grande surprise, il la repoussa doucement.

— Pas si vite, ma chérie. Nous avons le temps. Ne gâchons pas notre plaisir.

Il se laissa glisser sous elle, arrêtant sa bouche au niveau de son pubis. S'arrimant à ses cuisses, il s'empara de son intimité. La jeune femme sombra dans les oreillers pour étouffer un cri, alors que la langue humide et douce de Ben explorait le point le plus sensible de son anatomie avec une lenteur insupportable, jusqu'à ce qu'une jouissance suprême explose dans tout son corps.

Elle crut que son cœur s'arrêtait de battre. Des

myriades d'étoiles jaillirent sous ses paupières closes. De longs frissons la secouèrent longtemps avant qu'elle ne touche de nouveau terre. Elle ouvrit les yeux, juste à temps pour voir Ben au-dessus d'elle.

Il la pénétra doucement mais avec fermeté, allant et venant en elle, de plus en plus profondément, lentement d'abord, pour trouver le rythme qui la comblerait, puis plus vite et ce fut encore la nouvelle expérience d'un vertige délicieux, un besoin de plus en plus ardent que le plaisir vienne, vite et fort.

Les sensations qu'elle éprouvait devenaient si intenses qu'elle aurait voulu crier à Ben d'arrêter, de la laisser reprendre son souffle. Mais elle n'était capable que de prononcer son nom, tandis que le point brûlant dans son bas-ventre s'étendait par vagues successives, envahissait ses membres, sa poitrine, sa nuque…

— Nora…

Quand les ongles de la jeune femme griffèrent sa peau, il ne put maîtriser plus longtemps sa propre fièvre.

Les lèvres jointes, ils s'abandonnèrent à la jouissance. Nora se sentit traversée à l'infini par des ondes de plaisir. Chaque fois qu'il s'enfonçait plus profondément, plus violemment en elle, l'extase grandissait et la brisait comme si son corps avait cessé de lui appartenir.

Ben s'apaisa enfin et elle savoura le poids de son corps chaud, lourd, réconfortant sur elle.

Chapitre 17

Nora ne se lassait pas des caresses de Ben. Lorsque des heures plus tard, épuisés d'amour, les deux amants furent sur le point de sombrer dans le sommeil, elle se pelotonna contre lui le plus naturellement du monde, savourant simplement la sensation de sa présence.

Il embrassa gentiment sa nuque.

Elle l'entendit la respirer comme on respire une fleur.

— J'adore ton parfum, murmura-t-il contre son oreille, je suis incapable de le décrire, il est inimitable, il te ressemble.

Elle frissonna sous la douceur de ces mots.

— Peut-être que je devrais le mettre en bouteille et essayer de le vendre ?

— Je n'aime pas partager.

Un fourmillement réchauffa le ventre de la jeune femme presque endormie.

— Moi non plus, répondit-elle d'une voix ensommeillée.

Elle dormait presque, lorsque la voix de Ben la ramena à la surface.

— Qu'est-ce que tu as dit ? lui demanda-t-elle en bâillant.

— Rien. Rendors-toi.

Le timbre de sa voix l'alerta, mais à bout de forces, elle se dit qu'il serait toujours temps de définir l'origine de ce trouble le lendemain matin. Sans plus réfléchir, elle se laissa glisser dans les limbes du sommeil.

Levé tôt le lendemain matin, Ben avait réussi à préparer le petit déjeuner sans catastrophe. Il n'avait pas très bien dormi et aurait pu attribuer son insomnie à la présence de Nora dans son lit, mais il aurait été de mauvaise foi.

Il aimait la façon dont son corps épousait le sien, en toute confiance, comme s'ils formaient un seul et même être. Toute la nuit, il avait réfléchi à un moyen de la garder près de lui plus longtemps, au-delà de son séjour forcé à Emmett's Mill.

L'idée de la séparation qui les attendait d'ici à une quinzaine de jours l'attristait profondément. Il imaginait mal son retour seul dans son appartement de San Francisco. Bien sûr, ils pourraient continuer à se voir les week-ends, à condition que la jeune femme accepte ce type de relation en pointillé.

Il entra dans la chambre avec le plateau au moment où Nora s'éveillait. Un rai de lumière jouait dans ses mèches blondes. Elle s'étira langoureusement, en émettant des petits sons de plaisir, comme un chat devant un bol de lait.

— Bonjour, beauté…

Il posa le plateau devant elle. Les yeux de la jeune femme s'écarquillèrent.

— Omelette aux champignons ! Celle que tu n'as pas eu le loisir de goûter l'autre jour, dit-il.

— Hum, c'est appétissant.

Elle en coupa un morceau avec la fourchette et l'enfourna dans sa bouche.

— Parfaite, dit-elle la bouche pleine, mais tu devrais cesser de t'activer comme ça. Si le Dr Hessle te voyait à l'œuvre, il te tirerait les oreilles.

Ben prit sa propre fourchette et commença à manger en silence.

— N'empêche que tu es un sacré cordon-bleu. Ne te gêne pas pour me préparer des petits plats de temps en temps, poursuivit-elle.

Le voyant se rembrunir, elle s'interrompit.

— J'ai dit quelque chose qu'il ne fallait pas ?

— Non, je ferai selon ton désir, répondit-il, mais d'abord j'ai une question à te poser…

Elle cessa de mâcher. Son cœur se mit à tambouriner très fort contre ses côtes.

— Oui ?

— Nora, est-ce que tu souhaites que nous continuions à nous voir ? Après mon départ d'Emmett's Mill, je veux dire. Est-ce que tu veux devenir ma petite amie ?

La lumière s'éteignit dans les yeux de la jeune femme. Ben comprit que sa question n'était pas celle qu'elle espérait. Détournant les yeux, elle mâcha lentement la dernière bouchée qu'elle eut du mal à avaler.

— Ben, nous avons déjà abordé le sujet.

— Je n'en ai pas aimé la conclusion.

Nora était métamorphosée. Son dos s'était raidi et son teint avait pâli sous son hâle.

Elle était de nouveau sur ses gardes, comme ces jours derniers.

— Pourquoi pas, Nora ?

— Je n'ai pas envie de ce type de relation avec toi.

— Qu'est-ce que tu veux, alors ? Que je te demande en mariage ? Pourquoi se bercer d'illusions ? Combien de couples se séparent après avoir connu le grand amour ? Plus des trois quarts, Nora. Et les autres restent ensemble parce qu'ils n'ont pas le courage de divorcer ou de vivre seuls. Tous les jours, je le vois dans mon métier. Et quand arrive l'heure de la séparation, ces couples regrettent tous amèrement leur mariage.

Nora repoussa le plateau.

— Démarrer une relation en partant battue d'avance ne me dit rien du tout.

— Je n'arrive pas à croire qu'une femme aussi instruite et intelligente que toi refuse une relation avec un homme qui lui plaît, uniquement parce que celui-ci est contre le mariage.

Elle balança ses jambes hors du lit et enroula son corps nu dans le drap.

— Ote-toi de là, Hollister…

Elle tira énergiquement sur le drap tire-bouchonné et fila vers la porte.

— Où vas-tu dans cette tenue ? Tu es nue, je te rappelle.

Nora se regarda et pinça les lèvres en prenant conscience que ses vêtements étaient éparpillés dans la chambre.

Elle hésita à faire demi-tour.

Lui savait qu'elle ne rebrousserait pas chemin, qu'elle était prête à monter dans son pick-up et à traverser la ville enroulée dans son drap.

Il inspira profondément, avant de faire une nouvelle tentative.

— Nora, nous sommes si bien ensemble… Tout

nous unit. Jamais je n'ai fait l'amour comme cette nuit à une femme et aucune ne m'a apporté autant de bonheur. Et la soirée loto d'hier soir ? Tu as oublié comme nous étions complices. Essayons, au moins, nous verrons b…

A la lueur qui brillait dans les yeux de Nora, Ben comprit qu'elle était au bord des larmes. Une bouffée de tendresse le submergea. Il avait envie de la prendre dans ses bras, de la cajoler, mais, par-dessus tout, il espérait qu'elle partage son point de vue.

— Ma chérie, je n'ai rien de commun avec cet homme qui t'a fait souffrir. Il s'est moqué de toi. Moi c'est tout le contraire. Je ne veux pas te mentir et te faire des serments que je ne tiendrai pas. Ce qui se passe entre nous ne compte donc pas pour toi ? Donne-nous une petite chance. Pourquoi est-ce que tu refuses ?

— Parce que tu es pire, dit-elle avec des sanglots dans la voix. Tu ne crois pas en l'avenir, tu vis sans aucun espoir d'un amour qui durerait toute la vie.

— Pire ? Pire que cet homme marié qui t'a fait croire monts et merveilles ? Tout ça parce que je suis honnête avec toi ? Je te répète que je n'ai jamais été aussi bien avec une femme et je sais que pour toi c'est pareil. Alors ne te raconte pas d'histoires. Essaie d'être objective, comme je le suis. Pourquoi se marier si c'est pour divorcer ensuite ?

— Ce qui est bien pour toi ne l'est pas forcément pour moi, Ben. C'est ça ton problème. Tu es si habitué à ne penser qu'à toi, qu'à ton bon plaisir, que tu ne prends même pas le temps de savoir ce que ressentent les autres.

Dans un geste de protection, elle s'emmitoufla dans le drap.

— Ta proposition ne m'intéresse pas. Contrairement à ce que tu crois, tu n'es pas différent de Griffin. Tu utilises juste un autre moyen pour obtenir la même chose. Tu me veux dans ton lit quelque temps, histoire de meubler tes week-ends et tu me jetteras dès que tu te seras lassé. Tu refuses de t'engager. Cette fois, c'est bien fini. Adieu.

Et elle partit en claquant la porte dans son dos.

Elle ne pleurerait pas — du moins c'était ce qu'elle s'était juré.

Mais une fois seule dans la voiture, ce fut plus fort qu'elle. Elle attrapa un coin du drap pour essuyer les larmes qui roulaient sur ses joues.

C'étaient des larmes de chagrin et de colère. Elle regrettait d'avoir cédé une fois de plus. Avec Ben, il fallait tenir ses distances, l'ignorer et l'oublier.

Il n'était pas avocat pour rien. Il était beau parleur et savait la manipuler.

Elle s'était laissé prendre encore une fois.

Elle aurait voulu hurler pour soulager sa haine, mais la boule dans sa gorge l'en empêcha.

Pourquoi les hommes qui lui plaisaient étaient-ils aussi retors ?

En arrivant chez elle, Nora rassembla le drap autour d'elle en pestant à travers ses larmes contre le tissu qui se coinçait dans la portière. Elle courut se réfugier dans sa maison en maudissant les hommes.

Tous les hommes.

Ben avait assisté, impuissant, au départ du vieux pick-up. Il avait appelé la jeune femme pour tenter de la retenir, mais le véhicule avait disparu dans un nuage de poussière.

Achoppant à la dernière marche du perron, il grimaça de douleur.

En rentrant dans la maison, il gagna directement le bureau de son grand-père.

Ses doigts tremblants fouillèrent les documents étalés sur le bureau. Dès qu'il trouva la carte de Nora, il composa son numéro de portable.

Comme il s'y attendait, la sonnerie retentit quatre

fois, puis il tomba sur le message du répondeur, ce qui signifiait que Nora avait coupé, dès qu'elle avait reconnu son numéro.

Il essaya une nouvelle fois, mais en entendant directement le répondeur, il comprit que Nora avait carrément éteint son portable.

Il reprit la carte. L'adresse de Nora était mentionnée dessus.

Il regagna sa chambre, enfila les premiers vêtements qui lui tombèrent sous la main et se hâta du mieux qu'il put jusqu'à sa voiture.

La jeune femme ne lui échapperait pas aussi facilement. C'était mal le connaître !

Il baissa les yeux vers son plâtre. Un rapide calcul s'opéra dans son cerveau. Il risquait un accident s'il prenait le volant. Le changement de vitesse automatique ne le dispensait pas d'utiliser son pied pour freiner.

Une idée folle lui passa par la tête, mais avait-il le choix ?

Il se traîna de nouveau jusqu'au bureau. C'était sa seule chance.

Le devis de Nora contenait les noms des sociétés qu'elle faisait travailler. Parmi elles, celle de Sammy Halvorsen. Le jeune jardinier ne l'aimait pas fort, mais qui ne tente rien n'a rien, n'est-ce pas ?

Espérant que la chance serait de son côté, il composa le numéro.

— Pardon ? Vous voulez que je fasse quoi ? grogna Sammy.

Apparemment, il n'en croyait pas ses oreilles.

Ben venait de lui expliquer ce qu'il attendait de lui.

— Vous êtes dingues tous les deux !

— Je ne peux pas conduire et il faut que je lui parle de toute urgence.

Il tenta de faire appel à la solidarité masculine.

— Il ne vous est jamais arrivé de souffrir à cause d'une femme ?

Il y eut un long silence à l'autre bout de la ligne. Ben pensa qu'il avait mal joué, ou alors son interlocuteur avait raccroché.

— Allô ?

La réponse fut un soupir, suivi d'un petit rire forcé.

— Bon, ça va, j'accepte mais à une condition : vous ne lui faites pas de mal ou vous aurez à faire à moi, compris ?

— Compris. Je vous attends chez moi. Faites vite, elle est partie depuis plus de dix minutes.

Le trajet se déroula dans un silence que seuls rompaient les crissements des pneus dans les virages.

Ben se cramponnait à son siège, luttant contre la nausée.

Ils arrivèrent une demi-heure plus tard.

Sammy se gara dans la contre-allée, juste derrière le pick-up de Nora.

Ben descendit.

— Merci, j'espère ne pas vous faire trop attendre.

— A mon avis, vous allez ressortir aussi vite que vous êtes entré…

Ben désespérait qu'un jour les habitants du pays s'adressent à lui comme à un être normal au lieu de le considérer comme un spécimen appartenant à une étrange communauté, celle de la ville, qu'ils exécraient.

Il avança vers la maison et frappa un coup à la porte. Comme personne ne répondait, il tourna la poignée. C'était ouvert. Il entra.

— Nora ?

Il erra de pièce en pièce, ému par le parfum qui y planait. Celui de Nora.

Soudain, dans le silence et la pénombre de la maison, il perçut un bruit derrière une porte entrouverte. Un reniflement.

Il poussa la porte et chancela.

Couchée en chien de fusil, Nora pleurait, la tête enfouie dans son oreiller.

— S'il te plaît, Nora, laisse-moi te parler. Je ne veux pas que notre histoire finisse de cette façon.

Elle leva la tête, surprise.

— Qu'est-ce que tu fais ici ? Comment tu es venu ?

— J'ai demandé à Sammy de me conduire.

Elle fronça les sourcils. Ses joues ruisselaient de larmes.

— Tu t'es fait un copain, à ce que je vois. Tu sais bien te débrouiller et te servir des gens.

La sécheresse de son ton le fit tressaillir.

— Si tu es venu récupérer ton drap, je l'ai jeté à la poubelle.

— Tu l'as jeté à la poubelle ?

— Que voulais-tu que j'en fasse ? Que je le lave et que je te le rapporte ? Je ne veux plus te voir.

— Nora, ne sois pas stupide, je…

— Stupide ? Je ne suis pas stupide ! Je suis blessée.

Chaque mot qu'elle prononçait était un coup de couteau dans le cœur de Ben.

— Je suis désolé, Nora. Je ne voulais pas te faire mal.

— Eh bien, c'est raté !

— Mon défaut c'est d'être trop franc et je manque de diplomatie, y compris dans mon métier. C'est pour cette raison que je veux fonder mon propre cabinet.

La jeune femme sécha ses larmes en l'écoutant. L'attention qu'elle sembla lui porter à cet instant encouragea Ben à poursuivre.

— Nora… lorsque ma dernière petite amie a rompu, je me suis juré de ne plus jamais recommencer ce que j'avais fait avec elle, c'est-à-dire entreprendre une relation avec une femme sans la prévenir qu'il ne fallait rien attendre de moi. Je suis incapable de faire des projets à long terme, Nora. Essaie de le comprendre. Ça ne m'empêche pas de tenir à toi…

La jeune femme avait l'air abattue. Mais ce n'était pas elle qu'elle plaignait, c'était lui.

— Mes parents sont restés mariés quarante-sept ans, dit-elle. Quand ma mère est décédée d'un cancer du pancréas, j'ai cru que mon père allait descendre dans la tombe avec elle. Il l'aimait plus que tout. Ma sœur et son mari, Josh, étaient amoureux l'un de l'autre dès le lycée. Ils se sont mariés presque vingt ans plus tard et ils s'aiment toujours autant. Mon autre sœur, Natalie, est aussi mariée avec un homme qui regarde le soleil se lever et se coucher dans son sourire et peu lui importe qu'elle ait pris deux tailles avec ses grossesses et plus de dix kilos. Tes grands-parents se sont aimés jusqu'à leur mort. L'amour existe, Ben. Il est partout autour de toi. Il ne t'est jamais passé par la tête que tu regardais le monde avec de mauvaises lunettes ?

Ben serra les dents. Son cœur frappait douloureusement contre ses côtes. Nora était pure. Elle avait une vision idéaliste des choses et des gens. Elle n'était pas, comme lui, confrontée aux horreurs qu'il voyait tous les jours.

— Et si tu te trompais, Nora ? Et si ce que je connais de la vie était la norme ? Je ne doute pas une seconde que tes parents, tes sœurs et toi, êtes des gens exceptionnels. Ce n'est pas en toi que je n'ai pas confiance, c'est en moi. L'amour fou ne dure pas, Nora, c'est scientifique. Ce n'est qu'un fonctionnement hormonal. Des expériences ont été faites en laboratoire avec des singes à qui on a injecté des phéromones et leur comportement relationnel a immédiatement changé.

Nora souffla de découragement et secoua la tête.

Ben réprima un juron devant son obstination.

— Nora, mes parents ont été heureux. Je me souviens de l'époque où nous partions en pique-nique ou faire du bateau le dimanche. Ma mère m'apprenait comment monter mon cheval. Puis les scènes de ménage ont effacé les bons souvenirs. J'ai vu ces deux êtres qui s'aimaient passionnément devenir les pires ennemis. Je refuse de reproduire cette horreur. C'est mieux de rester libres et de savoir se quitter à temps.

— Et se voir le week-end en se disant que ça ne durera pas ? Non merci !

Elle baissa la tête et dit d'un air triste :

— Une vie sans amour n'a pas de sens, Ben.

— Je suis d'accord avec toi. Sauf que l'amour n'est pas éternel, c'est tout. Mais le temps qu'il dure est toujours bon à prendre.

— Ça ne rime à rien de s'aimer sans faire de projets.

— C'est ton opinion. Contrairement à tes belles illusions, ce n'est pas l'amour qui fait tourner le monde, mais l'argent.

Le regard choqué de la jeune femme ne lui fit ni chaud ni froid.

Il s'en voulut d'être venu ici. Elle ne changerait pas. Mieux valait renoncer à elle.

Mais en entendant Nora formuler sa pensée, il sentit tout son être se briser.

— Il vaut mieux ne plus nous voir du tout, Ben, je démissionne. Trouve quelqu'un d'autre pour terminer le travail. Je suis désolée. C'est la première fois que j'abandonne un ouvrage commencé, mais continuer chez toi en ta présence serait trop dur.

Sa voix était cassée par l'émotion.

Ben attendit avant de répondre. Il comprenait sa décision. Elle ne ferait aucune concession malgré ses sentiments pour lui. Elle ne s'imposerait pas non plus une souffrance supplémentaire.

— Ne démissionne pas maintenant, s'il te plaît. C'est moi qui partirai et ce, dès demain matin. Tu pourras terminer tranquillement sans me voir dans les parages. Je laisserai le chèque du solde sur la console du hall.

— Non, Ben, tu n'as pas besoin de partir. C'est plus simple que tu me remplaces. Et puis, ce ne serait pas raisonnable. D'abord tu ne peux pas conduire, ensuite qui s'occupera de toi là-bas ?

— Ce serait deux fois plus cher pour moi d'engager un autre architecte maintenant et à San Francisco, je trouverai sans peine une aide à domicile. Ne t'en fais pas pour moi, tout ira bien.

Il n'essaya pas de lui dire qu'elle était irremplaçable. Il demeura silencieux. Quels mots prononcer ? Ils ne traduiraient jamais le sentiment de perte immense qu'il ressentait.

— Si tout va bien pour toi, je ne te retiens pas.

En d'autres mots, elle le mettait dehors.

Il se redressa en serrant ses béquilles et repartit la tête haute.

Sammy se pencha vers la portière du passager pour lui ouvrir.

— Ça s'est mal passé ? lui demanda-t-il.

Ben gravit les marches et s'installa sur la banquette poussiéreuse.

— Vous pouvez le dire !

Sammy fit une marche arrière. En l'entendant glousser, Ben le mitrailla du regard.

— Qu'y a-t-il de si drôle ?

— Rien n'est jamais joué dans la vie. L'amour, c'est comme une barque qui prend l'eau. Il faut écoper sans cesse.

Ben renifla.

— Là, ce n'est pas une barque qui prend l'eau, c'est carrément le naufrage du Titanic…

Chapitre 18

Le lendemain matin, quand Nora arriva chez Hollister, le coupé BMW n'était plus là. Comme promis, il y avait un chèque sur la console de l'entrée.

Ben était bel et bien parti.

Avait-il pris le volant lui-même ou avait-il payé quelqu'un pour le piloter ?

Il lui avait bien dit que la remplacer ne posait pas de problème.

Elle plia le chèque et le glissa dans sa poche en retenant ses larmes.

Il lui fallut un bon moment pour trouver le cœur de se mettre à l'ouvrage.

Ben avait raison. Cela n'aurait eu aucun sens d'employer un nouvel architecte. Et puis, par orgueil personnel, elle détestait l'idée qu'une autre personne termine ce qu'elle avait commencé. Tout travail était son œuvre, de la conception à la touche finale.

Pour cette seule et unique raison, elle mettrait

son chagrin de côté et trouverait l'énergie nécessaire pour continuer.

Le soleil était haut dans le ciel quand elle planta ses rangs de primevères et de soucis, en prenant soin d'harmoniser les couleurs avec les massifs de pivoines qui flanquaient la maison. Quand tout serait en fleur ce serait un festival de tons ensoleillés, du jaune pâle à l'orangé.

Le bruit d'un moteur la fit sursauter. Elle se retourna, le cœur battant. Déçue de ne pas voir apparaître le coupé de Ben, elle retourna à sa tâche.

— Je t'ai appelée sur ton portable et je tombe toujours sur ton répondeur ! se plaignit une voix rocailleuse et familière.

— Sammy ? Je n'ai même pas reconnu ton pick-up.

— Où as-tu la tête ? Et pourquoi tu as éteint ton portable ?

La jeune femme haussa les épaules. Elle s'estimait trahie par son vieil ami.

— Je ne sais pas. Je n'ai pas envie de parler et encore moins avec toi.

— Très bien. Tout ça parce que je l'ai conduit chez toi ? Que veux-tu ? Il m'a tellement fait de peine que mon petit cœur sensible n'a pas su résister.

— J'ignorais que tu avais un cœur, dit-elle sèchement,

et je n'ai plus besoin de tes services. Qu'est-ce que tu viens faire ici ?

— J'aimerais discuter avec toi.

— Je viens de te dire que je ne voulais pas te parler.

— Depuis quand ? J'ai du mal à imaginer Nora Simmons silencieuse, sauf quand elle dort.

La plaisanterie de Sammy ne la fit pas rire.

Il vint se camper à côté d'elle, en plissant les yeux à cause du soleil.

— Ça fait un bail que nous n'avons pas discuté tous les deux, mais j'ai l'impression de tomber comme un cheveu sur la soupe. Ecoute, je suis désolé que ce play-boy t'ait brisé le cœur. Je mettrais ma main à couper qu'il tient à toi et que vous ne pourrez pas vous passer l'un de l'autre très longtemps. Tout ça n'est qu'un malentendu. Vous êtes trop têtus tous les deux.

— Tu es venu me donner des conseils ?

Le ton de la jeune femme se radoucit.

— C'est trop tard. Il est parti.

— Donc… bon débarras, c'est ça ?

Au regard noir qu'elle lui jeta, Sammy leva les mains en signe de défense.

— Tu ne vas pas me mordre, quand même ? Raconte-moi plutôt ce qui s'est passé.

Nora soupira. Elle s'épongea le front et s'appuya sur sa bêche.

— Ce qui s'est passé ? Je suis tombée amoureuse de lui… Pas très malin, n'est-ce pas ?

Sammy réfléchit. Il désigna la maison de la tête.

— Il a de la bière dans son frigo ?

Elle opina de la tête.

— Alors, allons en chercher. Toi et moi allons en avoir besoin.

Nora sourit. C'était la première fois depuis ces dernières vingt-quatre heures. Rien ne valait l'amitié d'un solide gaillard comme Sammy. Il ne perdait jamais le nord, quoi qu'il arrive.

Elle le suivit dans la maison, goûtant la fraîcheur de l'intérieur. Mais c'était étrange, cette sensation d'absence… Heureusement que Sammy était là.

Ils ouvrirent deux grandes cannettes de bière allemande. Sammy commença la sienne et fit claquer sa langue sur son palais avec une moue perplexe.

— Pas mauvaise. C'est tout lui d'acheter de la bière d'importation.

— C'est moi qui l'ai achetée, dit Nora d'un air sombre. Lui ne boit que du vin.

— M'étonne pas. On s'assoit ?

— Allons sur la terrasse derrière, elle est à l'ombre.

Ils trouvèrent deux chaises dans un appentis. Sammy épousseta celle de la jeune femme.

— Un peu de poussière n'a jamais fait de mal à personne, dit-elle.

— Assieds-toi. Je t'écoute.

— Il n'y a rien à raconter, Sammy. Il m'a simplement prévenue qu'il ne croyait pas en l'amour éternel et moi j'y crois. Que dire d'autre ? Que je suis une idiote ?

— Non, tu ne l'es pas. Tu es romantique. C'est différent. Tu l'as toujours été. C'est ce qui manque à beaucoup de gens sur cette terre. Malheureusement pour toi, les deux types sur qui tu es tombée en sont totalement dénués.

— Tu peux le dire. A croire que je les attire, mais on ne m'y reprendra pas.

— Bref, ce que je veux te mettre dans le crâne, c'est que tu vas très bien. Si ce gars est assez bête pour ne pas voir la perle qu'il a sous les yeux, c'est son problème. Et l'autre, le premier, comment s'appelait-il ? Grissom ? Grendel ? Gristle ?

— Griffin.

— Peu importe. C'était un crétin. Heureusement que tu n'es pas restée avec lui.

— Je sais. Je pensais que Ben était différent.

Elle se retint pour ne pas décrire ce qui les unissait,

leurs atomes crochus, mais en parler lui aurait fait encore plus de mal.

— C'est dur de devoir renoncer à lui.

« Et à cette maison. »

Il y avait si longtemps qu'elle l'aimait, cette maison !

L'arrivée de Ben avait resserré ses liens avec l'endroit. Elle s'y sentait chez elle à présent. Avant leur aventure, elle avait envisagé de l'acheter, voyant déjà les murs décorés de photos de sa famille — de ses sœurs, de ses neveux et, pourquoi pas, de ses propres enfants.

A présent, ce serait trop douloureux d'y vivre sans lui, même si imaginer des étrangers marcher et vivre dans ces murs était une torture.

Elle posa sa bière et ferma les paupières pour refouler ses larmes.

Sammy demeura silencieux, tandis que la jeune femme faisait son possible pour relancer la conversation. Elle s'éclaircit la gorge, mais sa voix resta enrouée.

— Ben m'a payée. Je te ferai un chèque demain pour les travaux que tu as effectués.

— Oh, je ne me fais pas de souci pour ça. Je ne suis pas pressé. Je n'attends pas après pour vivre.

Elle le remercia d'un sourire. Sammy la connaissait suffisamment pour deviner ce qui se passait dans sa tête. Il savait qu'encaisser ce chèque donnait une réalité tangible au départ de Ben. Ne pas toucher l'argent laissait supposer qu'il allait revenir.

C'était stupide et dérisoire de s'accrocher à ce filet d'espoir et sa faiblesse la mettait en rage.

Elle termina sa bière et tendit la cannette vide à Sammy.

— Le break est terminé. J'ai prévu une nouvelle semence de gazon demain. Finalement si tu es disponible, j'aurai besoin de toi pour ratisser.

— A ton service, camarade.

Après une pause, il demanda :

— Rien d'autre ? Tu ne veux pas que je parle à ton petit ami ?

— Ce n'est pas mon petit ami.

Le lendemain matin, quand Sammy arriva, Nora travaillait déjà depuis plus de deux heures.

Elle avait très mal dormi et s'était éveillée à l'aube. Au lieu de regarder le plafond à broyer du noir, elle avait préféré se lever et partir travailler.

Son portable était resté éteint. Elle redoutait de l'allumer.

Que faire si Ben appelait ? Pire : s'il n'appelait pas ?

Son dos était en nage. Elle ne sentait plus ses muscles.

Semer du gazon n'était pas de tout repos, mais les efforts physiques lui vidaient la tête.

Soulever la brouette lui arracha une grimace de douleur.

Il ne lui restait plus qu'à tasser la terre et à installer le brumisateur.

Elle s'acharnait tellement à sa tâche que Sammy n'osait pas l'interrompre par des bavardages.

Ils travaillèrent coude à coude, en silence comme des robots.

A midi, tout le gazon était semé. La surface plane et tamisée flattait l'œil. Contrairement à ses habitudes, Nora ne se posa pas pour contempler son travail.

La tonnelle avait été livrée dans la matinée. Il restait à nettoyer l'endroit qui lui était réservé.

Nora remit au lendemain le remplissage du bassin. La fontaine avait été livrée dans la matinée.

Ils étaient en train d'en fixer les piliers, lorsqu'une Honda vint se garer dans l'allée. Nora leva les yeux.

Sammy fit signe au conducteur de venir les rejoindre.

— Qui c'est? demanda Nora, la main au-dessus des yeux pour se protéger du soleil.

Quand elle reconnut la visiteuse elle se remit à la tâche. Elle n'était pas d'humeur à recevoir des visites.

— Faisons une pause, suggéra Sammy.

— Non, je veux terminer ça.

— Je veux te présenter quelqu'un.

— Nous nous connaissons déjà, répondit-elle sèchement, vas-y, je termine.

— Nora ! C'est important pour moi.

Elle s'en voulut d'être aussi revêche, quand son ami semblait tout heureux.

— Approche, Dana, viens voir comme nous avons bien travaillé.

Dana vint les rejoindre. L'espace de quelques secondes, les deux femmes se toisèrent. Finalement, Dana tendit la main à Nora.

— Nous n'avons pas été présentées officiellement, mais j'ai beaucoup entendu parler de vous…

Nora accepta la main tendue.

— Ne croyez pas tout ce qu'on vous raconte.

Elle haussa les épaules.

— Oh et pourquoi pas après tout ? Comptez cinquante pour cent de vrai, cinquante pour cent de faux dans ce que Sammy vous a dit ! Reste à savoir quelle moitié est la bonne.

— Samuel ne tarit pas d'éloges sur vous, dit Dana en souriant à Sammy.

Nora lança un regard en coin à Sammy.

Samuel ?

Il sourit d'un air penaud.

— Nora, nous tenions à t'annoncer la nouvelle de

vive voix. Nous l'aurions fait plus tôt, si tu avais été plus en forme…

Nora s'empourpra. Elle n'avait pas besoin de dessin.

En voyant Dana glisser sa main dans celle de Sammy, elle eut un pincement au cœur.

« Non, pas maintenant », voulut-elle implorer.

A mille lieues de là, Sammy rayonnait comme un bienheureux.

— Nous nous sommes mariés.

— Elle et toi ?

Elle s'en voulut de sa rudesse, mais elle était exténuée, groggy et même dans les jours meilleurs, elle n'avait jamais eu beaucoup de tact.

Dana se raidit immédiatement. Sammy lui étreignit la main.

— Je comprends ta surprise, Nora. Tu peux nous féliciter, ça se fait.

Les yeux de Nora s'embuèrent. Elle avait honte de son égoïsme, honte d'être incapable de partager la joie de son ami d'enfance.

— Félicitations à tous les deux. Je vous souhaite tout le bonheur possible, en espérant qu'il dure toujours.

Sur ces mots, elle se remit au travail pour masquer son chagrin.

Après quelques minutes, profitant que Sammy et Dana bavardaient près de la Honda, elle gagna la maison pour se réfugier dans la chambre de Ben. Elle se jeta sur son lit, respirant son odeur, se détestant de l'aimer à ce point.

La salle du tribunal se vidait. Ben referma son porte-documents, soulagé. Ça y est, le jugement était prononcé.

Ed Wallace s'avança vers lui l'air menaçant, rouge de colère.

— Vous n'êtes qu'un bon à rien ! Elle m'a complètement plumé !

— Voyons, Ed, ne criez pas aussi fort.

Wallace regarda autour de lui et réajusta son costume.

— Vous ne l'emporterez pas au paradis, Hollister, ajouta-t-il plus bas, je vais me charger de votre réputation, votre carrière est fichue, vous m'entendez ?

— Je vous avais fait une proposition que votre femme était sur le point d'accepter. Vous n'avez pas daigné m'écouter. C'est vous qui vous êtes mis dans cette situation.

— Comment a-t-elle appris que j'avais un compte dans les îles Caïmans ? Je devrais vous faire rayer du barreau pour avoir divulguer des informations confidentielles !

Ben ne doutait pas un instant que Wallace ferait tout pour ruiner sa carrière, mais il n'en avait que faire. Le plus urgent était de se débarrasser de ce pénible client qu'il ne pouvait plus supporter.

Il abandonna Ed à ses vociférations et se dirigea vers la partie adverse. A la grande surprise de l'ex-Mme Wallace et de son avocat, il serra la main de ce dernier avec un grand sourire.

— Félicitations. Je ne m'en fais pas trop pour Ed, il retombera sur ses pieds.

Mme Wallace croisa son regard et lui adressa un sourire reconnaissant. Elle tremblait légèrement. Il était évident qu'elle avait deviné qui avait transmis les informations qui lui avaient permis de gagner.

Ben inclina la tête et s'éloigna.

Il était presque arrivé à son bureau quand il remarqua la fine silhouette d'Elise Birkeland en compagnie d'un de ses patrons. Il leur adressa un signe de la main avant de s'enfermer dans son bureau.

Quelques minutes plus tard, Isaac Franklin, le président de la société, entra sans frapper. Ben s'attendait à sa visite.

— Isaac, que puis-je pour vous ? demanda-t-il poliment.

« Mon cher Ben, j'ai le regret de vous annoncer que vous êtes viré », s'attendait-il à entendre.

— Ed Wallace est hors de lui. Il prétend que vous avez saboté le jugement.

Ben réfléchit à ce qu'il allait répondre, sans trahir la vérité.

— Je lui avais proposé un arrangement qu'il a refusé. Wallace est un fieffé escroc, il n'a que ce qu'il mérite.

— Nous ne sommes pas payés pour faire la morale, Ben. Notre métier est de défendre nos clients, et de faire en sorte qu'ils gagnent leur jugement, lui rappela Isaac.

Puis il le regarda droit dans les yeux.

— Ce que prétend Wallace est-il fondé, oui ou non ?

Ben soutint le regard d'Isaac et s'imagina lui répondant : « Oui, tout à fait. J'ai délibérément livré des informations à la partie adverse pour couler mon client. »

Mais il n'était pas stupide.

— Non. Bien sûr que non !

Il s'adossa à son fauteuil.

— Vous savez comme moi qu'Ed Wallace est un vantard avec un petit pois en guise de cerveau. Il est fort capable d'avoir parlé de son compte en banque à l'étranger, histoire d'impressionner son auditoire.

Il haussa les épaules.

— J'ai fait du mieux possible avec les moyens du bord.

Un sourire amusé détendit les lèvres d'Isaac.

— Vous marquez un point. Nous allons lui envoyer la note. Bon travail, Benjamin. C'était un cas compliqué. Je ne pense pas qu'un autre aurait fait mieux.

Le compliment ne le touchait pas plus que cela. Ben savait que dès la semaine suivante, une autre affaire similaire tomberait sur son bureau. La ville était truffée de gens de cet acabit.

A peine Isaac avait-il quitté le bureau, que Ben ferma les yeux pour mieux savourer le souvenir de cet instant où Wallace avait entendu le juge annoncer le verdict.

L'arrivée d'Elise l'interrompit dans ses pensées.

Son corps svelte et sa beauté lisse le laissaient désormais indifférent. La seule femme qui le mettait dans tous ses états se trouvait à trois cents kilomètres de là.

— Tu m'as manqué, Ben…

Elle se jucha sur le coin de sa table. La jupe de son tailleur Chanel remonta au-dessus de ses genoux, révélant ses jambes magnifiques.

Ses grands yeux bleus le fixaient intensément.

— Tu es remis de tes blessures ?

— Oui, tu vois on m'a retiré mon plâtre.

— C'est une bonne nouvelle. Tu as dû trouver le

temps long, perdu dans ces montagnes. Alors, bon retour à la civilisation.

La civilisation. Les coups de Klaxon, la pollution, les embouteillages, était-ce ce qu'elle appelait la civilisation ?

— C'était un plaisir de séjourner dans ces montagnes.

« Avec Nora, son sourire, son humour, sa peau douce, ses cheveux soyeux… »

Même leurs disputes lui manquaient.

La jolie main parfaitement manucurée d'Elise balaya l'air.

— Je vois d'ici : parties de pêche, air pur, fleurs des champs. Charmant, mais il ne faut pas que ça dure trop longtemps. M'accompagnerais-tu au théâtre ce soir ? J'ai deux places dans une loge et Isaac n'est pas libre.

— Ah, parce que tu sors avec Isaac, maintenant ?

— Il m'amuse. Du moins pour le moment. Tu sais comment il est. Un jour ici, un jour là. Je n'ai pas de temps à perdre à courir après un homme, quand il y a le choix.

Ses ongles peints tapotèrent le bureau.

— Alors, tu viens avec moi ?

— Une autre fois.

Tous deux savaient qu'il n'y aurait pas d'autre fois.

Elle soupira et se remit sur ses pieds.

— Retourne voir ta jolie campagnarde, dit-elle avec une indifférence ennuyée. Elle t'a complètement éteint. Il ne te reste rien de cet humour qui faisait ton charme.

Sa pique l'amusa. Elle ne croyait pas si bien dire.

Nora l'avait transformé. Il n'était plus le même. Et ce changement était la plus belle chance de sa vie.

— Au revoir, Ben, je vais te regretter.

— Au revoir, Elise. Merci d'être passée.

Il ne se faisait aucun souci pour elle. D'ici dix minutes, elle l'aurait oublié. Ce n'était pas le genre de femme qui s'attachait à un homme. Elle était sans passion, ce qui n'était pas le cas de Nora.

Nora était unique.

Chapitre 19

— C'est magnifique !

Tasha et Natalie ne cessaient de s'extasier devant l'œuvre de leur cadette. Les compliments de ses sœurs faisaient un bien immense à la jeune femme, après les affres de ces derniers jours. Elle avait achevé son travail dans une souffrance morale indicible.

Ni les courbatures ni la sueur n'étaient parvenues à pallier l'extrême solitude de son cœur.

Mais le résultat était une merveille. Et en voyant le jardin aujourd'hui, nul n'aurait pu se douter du chagrin qui minait sa créatrice. Les poissons nageaient dans le bassin alimenté par la fontaine qui coulait de la statue de pierre dans un doux murmure qui se mêlait aux chants des oiseaux.

Le gazon s'étendait tout autour de la maison qui reprenait vie sur son coussin de verdure, illuminé par le parterre de soucis et de primevères. Les massifs de pivoines et de rhododendrons resplendissaient de mille couleurs sous le soleil.

En attendant que la vigne grandisse, des capucines grimpaient sur la tonnelle qui donnait accès au carré d'herbes aromatiques que ses deux beaux-frères examinaient avec intérêt.

Nora éprouvait de la fierté, mais l'absence de Ben pesait plus que jamais. C'était un peu comme si elle venait d'accoucher d'un beau bébé et que le père n'était pas là pour l'admirer. Profiter seule de ce plaisir n'avait pas de sens.

Jusqu'à la dernière minute, elle avait espéré recevoir des nouvelles de Ben. Il n'ignorait pas que les travaux étaient terminés car elle lui avait envoyé la facture détaillée des frais qu'il avait déjà réglés.

Abandonnant ses visiteurs, elle prit la direction du chemin aménagé en escalier qui descendait à la crique.

Elle descendit les marches et s'assit sur une pierre plate en granit, à l'endroit même où Ben l'avait vue la première fois, quand ils étaient enfants.

Les mûriers n'allaient pas tarder à fleurir. Cet été, ils seraient couverts de baies.

Une brise légère effleurait la cime des sapins. Les yeux de Nora se perdirent dans la transparence de l'eau du lac si claire qu'elle distinguait les carpes qui semblaient endormies sur le fond sableux. Une douce tranquillité émanait de ce coin de paradis. Les oiseaux chantaient. Par moments, un cri plus aigu parvenait du bois.

« Un seul être vous manque… »

Elle retira ses sandales et plongea le bout du pied dans l'eau. En cette saison, elle était fraîche à cause de la fonte des neiges et des torrents qui dévalaient de la montagne. D'ici à deux mois, le soleil aurait réchauffé le lac et il ferait bon s'y baigner.

Nora soupira. Dans deux mois, la maison serait sans doute vendue.

Ramenant ses genoux contre son buste, elle s'abandonna à son chagrin. Plus jamais elle ne regarderait cette crique sans éclater en sanglots…

— Pas mal cet escalier, finalement…

La voix la fit sursauter. Elle se retourna.

Ben se tenait sur la dernière marche de son escalier. C'était étrange de le voir sans son plâtre.

— C'est toi qui avais raison…

Elle s'essuya les yeux et se releva d'un bond.

— Que fais-tu ici ? J'avais l'intention de t'envoyer la clé par la poste, si c'est ce que tu es venu chercher.

— A quoi me servirait-elle à présent ?

De plus en plus confuse, la jeune femme le regarda de façon circonspecte, craignant une nouvelle tentative de séduction.

— Tu as perdu l'esprit ou tu es sous l'emprise de

l'alcool ? Evidemment que tu as besoin de ta clé, même si l'autre est à l'agence !

Ou alors la maison était déjà vendue. Elle chancela sous l'effet du choc. Tous ses espoirs étaient à jamais engloutis. Elle refoula ses larmes.

— Que se passe-t-il ? Explique-toi.

Il avança vers elle, réduisant en trois enjambées la distance qui les séparait. Envahie dans son espace, Nora pensa battre en retraite vers l'eau glacée.

Elle releva la tête et le défia de son regard gris, prête à entendre la pire des nouvelles.

— Je t'écoute.

— Tu avais raison, commença-t-il, contrairement à moi qui avais faux sur toute la ligne. J'ai vu la fontaine, le bassin, la tonnelle, c'est splendide, une véritable œuvre d'art !

Elle se détendit légèrement.

— Contente que ça te plaise. Autre chose ?

— Oui, ça…

Elle frissonna sous la douceur de ces mots à peine murmurés. Son cœur fit un bond quand il la prit dans ses bras et la regarda droit dans les yeux.

— L'amour est plus qu'une réaction chimique. Il est resté en moi depuis que j'ai quitté cet endroit et depuis, il ne cesse de grandir.

— Ben, si c'est une plaisanterie, je te préviens que je n'ai pas du tout envie de rire.

— J'espère que tu ne penses pas que c'est une plaisanterie parce que je suis venu te demander si tu veux être ma femme.

Nora n'en crut pas ses oreilles. Prise d'un vertige, elle laissa sa tête tomber contre le torse puissant. C'était si bon de se retrouver blottie contre sa chaleur.

— J'ai donné ma démission à Franklin, Mills & Donovan et je vais ouvrir un cabinet ici, à Emmett's Mill, pour poursuivre l'œuvre de mon grand-père. Je suis le seul à pouvoir prendre le relais. J'ai rendu la BMW à mon père et je me suis acheté ma propre voiture, un 4x4 avec des pneus neige en prévision des longs mois d'hiver…

Nora releva la tête.

— Tu es sérieux ?

Son regard pénétrant fit chavirer son cœur.

— Je n'ai jamais été plus sérieux dans ma vie. Veux-tu faire de moi un type bien et me promettre de me dire quand je me comporterai mal ou quand j'avancerai des théories de fils à papa de la ville ?

Le visage de Nora s'illumina. Elle noua les bras autour de sa nuque.

— Seulement si tu me promets de m'aimer d'amour chaque jour davantage !

— Ce qui signifie que tu acceptes ? demanda-t-il avec un brin d'anxiété.

Elle lui répondit par un baiser.

— Oui, Benjamin Scott Hollister III, dit-elle contre sa bouche, oui, oui, oui, j'accepte.

Épilogue

— Un mariage en septembre ? s'écria Natalie, en fronçant les sourcils. Il fera bien trop chaud ! Pourquoi ne pas attendre avril prochain ? A quoi sert autant de précipitation ?

Nora échangea un regard complice avec Ben qui posa les yeux sur son ventre.

Personne n'était encore au courant, mais après trois mois de grossesse, ils ne pourraient plus le cacher longtemps. Le père de Nora finirait par exiger le mariage et elle préférait en garder l'initiative.

Tasha, qui avait tout compris, sourit à sa sœur. Elle sortit Justin Cole de son parc. L'enfant gémissait. Ses joues étaient écarlates.

— Viens avec tatie, mon chéri, je vais te changer. Oh, mais tu es brûlant. Tu as de la fièvre.

— Il fait ses dents, expliqua Natalie, c'est pour ça qu'il a toujours les poings dans la bouche et qu'il bave autant.

Natalie tendit une couche et de quoi nettoyer le bébé à sa sœur.

Gerald accapara Ben pour lui demander son avis à propos de l'achat d'un lopin de terre.

Josh et Evan, les deux beaux-frères de Nora, en étaient encore à s'extasier sur le jardin d'herbes et demandaient des conseils à la jeune femme pour organiser le leur.

— Respire un peu cet origan, dit Evan.

Il présenta un bouquet sous le nez de Natalie.

— Tu imagines une sauce pour les spaghettis avec un parfum pareil ?

— Hum, fit Natalie, rien que l'odeur me met l'eau à la bouche.

A peine Evan était-il sorti pour poursuivre son exploration du jardin que Natalie se pencha vers Nora.

— Personnellement je préfère les spaghettis avec une sauce au basilic…

Nora sourit. La cuisine chez eux, c'était le rayon de Ben. Elle, elle semait, plantait, récoltait.

Elle avait toujours cru qu'elle n'était pas faite pour la vie de famille. Celle de ses sœurs lui suffisait.

Elle posa la main sur son ventre qui commençait

à s'arrondir. Depuis qu'elle vivait avec Ben dans la maison de ses rêves, elle se demandait comment elle avait pu se passer d'un tel bonheur.

La vie était si belle…

PRÉLUD'

Le 1er Avril

Prélud' n°136

Le tourbillon des sentiments - Joan Kilby

Sentiments bien réels, sentiments illusoires ? Depuis de longues années, Chloe est déchirée et croit aimer deux hommes. Daniel, son mari, sa force, le père de sa fille, et Evan, médecin australien qui a enflammé sa jeunesse mais n'a jamais pu s'engager...

Prélud' n°137

Les cœurs apprivoisés - Carrie Weaver

Afin que son père meure en paix, Colleen voudrait réconcilier sa famille autour de lui. Elle contacte donc Violet, sa sœur, laquelle est enceinte et n'accepte de venir que soutenue par son meilleur ami – le tendre mais ténébreux Vince...

Prélud' n°138

Le feu sous la neige - Dallas Schulze

Normalement destinés à ne faire qu'un bref trajet ensemble en avion, Addie – jeune femme vive mais peu sûre d'elle –, et Cole – son pilote ombrageux – sont amenés à faire un atterrissage forcé au milieu de nulle part, dans les Rocheuses enneigées...

Prélud' n°139

Un rebelle à Belle Rivière - Molly O'Keefe

C'est la rage au cœur, et dans le seul but de ne pas chagriner sa mère, que Jonah accepte de rencontrer pour la toute première fois son père et ses frères à Belle Rivière. La tension est immédiate. Y compris – surtout – avec une jeune femme amie de la famille : Daphne...

Prélud' n°140

L'homme dont elle rêvait - Susan Mallery

Amoureuse du trop beau, trop riche et trop volage Reid Buchanan ? Et contrainte, en plus, de cohabiter avec lui ? Pour Lori, jeune femme discrète et simple, rien de pire ne pouvait arriver. Et pourtant... Consciente que son cœur est en danger, Lori décide alors de se protéger en jouant la carte du mépris dès que Reid l'approche.

Best-Sellers n°369 • thriller

Et la mort nous séparera - Gayle Wilson

Sur les marches du tribunal d'où l'assassin de son petit garçon sort en homme libre, Sarah Patterson s'apprête à tirer. Au moment où le regard de la jeune femme croise celui du serial killer, un policier l'empêche d'appuyer sur la détente. La rage au ventre, Sarah se jure d'exécuter sa vengeance, quoi qu'il lui en coûte. Même si le tueur, fasciné par cette femme prête à tout pour venger son enfant, rôde autour d'elle…

Best-Sellers n°370 • roman

La maison bleue - Sherryl Woods

Cadre dans les relations publiques, à New York, Hannah Matthews est une battante vers laquelle on se tourne en cas de crise. Et, bien qu'étrangère à toute idée de superstition, elle commence à s'interroger : n'y a-t-il pas un fond de vérité dans le vieil adage qui dit « Jamais deux sans trois » ? Car après avoir remporté une victoire contre la maladie, voilà qu'elle apprend que Jenny, sa mère âgée de 85 ans, refuse de vendre La maison bleue – vieille auberge délabrée sur une île de Floride, et que sa fille, Kelsey étudiante et âgée de 20 ans, est enceinte. Contrainte de se rendre de toute urgence en Floride, Hannah va reprendre – provisoirement —, la direction de La maison bleue. Et tenter d'aider sa fille… Mais elle ignore que Luke Stevens, l'homme dont elle était jadis amoureuse, est revenu lui aussi sur l'île pour réfléchir à son avenir…

Best-Sellers n°371 • historique

Le seigneur de Lochraven - Shannon Drake

Ecosse et Angleterre, 1561

Lady Gwenyth MacLeod, dame de compagnie favorite de la reine d'Ecosse Mary Stuart, est chargée par cette dernière d'une délicate mission : se rendre au palais de la reine Elisabeth d'Angleterre et convaincre la souveraine de ratifier son testament afin que Mary hérite de la couronne anglaise. Pour l'aider à mener à bien les négociations, Gwenyth se voit imposer la présence d'un chevalier proche de Mary : lord Rowan Graham, seigneur de Lochraven, un homme aussi mystérieux et indomptable que les Highlands sauvages dont il est natif. Un homme marié dont, d'emblée, la rude séduction envoûte et menace Gwenyth…

Best-Sellers n°372 • suspense

Le sang du silence - Christiane Heggan

1986. A New Hope, Pennsylvanie, une jeune fille du nom de Felicia est retrouvée assassiné. La police incarcère un simple d'esprit. Les rumeurs prennent fin dans la petite ville.

2006. Grace McKensy, conservateur de musée à Washington, apprend que son ancien petit ami, Steven, vient d'être assassiné à New Hope, où il tenait une galerie d'art. Grace va découvrir, avec l'aide de Matt, un agent du FBI originaire de la petite ville, qu'un silence suspect recouvre ces deux crimes… et qu'un terrible lien les unit, enfoui dans le passé de New Hope.

Best-Sellers n°373 • suspense

Le secret brisé - Jasmine Cresswell

Sa vie n'a donc été qu'un mensonge ? Lorsque Jessica Pazmary apprend qu'elle porte depuis toujours le nom d'une autre, elle est en état de choc. Elle n'était qu'une enfant lorsque ceux qu'elle prenait pour ses parents ont péri dans un accident de voiture. Et voilà qu'elle découvre, à trente ans, que ce couple n'a eu qu'une petite fille, morte en bas âge d'une leucémie… Jessica entame alors des recherches pour briser le secret de sa véritable identité. Même si elle doit déterrer des vérités destinées à rester enfouies à jamais…

Best-Sellers n°374 • roman

Le destin des Castelli - Jackie Collins

Quel lien y a-t-il entre Dani, danseuse à Las Vegas, Madison, brillante journaliste new-yorkaise et Vincent, businessman richissime et ambitieux ? Un homme : Michael Castellino, dit Castelli. Un homme, pris dans un engrenage de trahison et de vengeance, et au destin duquel est indissolublement lié celui des trois autres. Car seul le passé sulfureux de Michael explique pourquoi il n'a jamais épousé Dani, bien que fou amoureux d'elle et père de deux de ses enfants. Seule la découverte de ce père secret, à qui il ressemble tant, permet à Vincent de comprendre d'où il vient. Seules les erreurs et les troubles fréquentations de Michael sont cause du danger que court à présent Madison …

ABONNEMENT...ABONNEMENT...ABONNEMENT...

ABONNEZ-VOUS!

2 romans gratuits*
+ 1 bijou
+ 1 cadeau surprise

Choisissez parmi les collections suivantes

AZUR : La force d'une rencontre, l'intensité de la passion.
6 romans de 160 pages par mois. 24,06 € le colis, frais de port inclus.

BLANCHE : Passions et ambitions dans l'univers médical.
3 volumes doubles de 320 pages par mois. 19,65 € le colis, frais de port inclus.

LES HISTORIQUES : Le tourbillon de l'Histoire, le souffle de la passion.
3 romans de 352 pages par mois. 19,65 € le colis, frais de port inclus.

AUDACE : Sexy, impertinent, osé.
2 romans de 224 pages par mois. 11,82 € le colis, frais de port inclus.

HORIZON : La magie du rêve et de l'amour.
4 romans en gros caractères de 224 pages par mois. 17,34 € le colis, frais de port inclus.

PRELUD' : Tout le romanesque des grandes histoires d'amour.
4 romans de 352 pages par mois. 22,26 € le colis, frais de port inclus.

PASSIONS : Jeux d'amour et de séduction.
3 volumes doubles de 480 pages par mois. 20,22 € le colis, frais de port inclus.

BLACK ROSE : Des histoires palpitantes où énigme, mystère et amour s'entremêlent.
3 romans de 384 et 512 pages par mois. 19,27 € le colis, frais de port inclus.

BEST-SELLERS : Des romans à grand succès, riches en action, émotion et suspense.
3 romans de plus de 350 pages par mois. 22,08 € le colis, frais de port inclus.

AND FORMAT

MIRA : Une sélection des meilleurs titres du suspense.
2 romans grand format de plus de 400 pages par mois. 24,56 € le colis, frais de port inclus.

JADE : Une collection féminine et élégante. Laissez-vous emporter !
2 romans grand format de plus de 400 pages par mois. 24,56 € le colis, frais de port inclus.
Attention: certains titres Mira et Jade sont déjà parus dans la collection Best-Sellers.

VOS AVANTAGES EXCLUSIFS

1.Une totale liberté
Vous n'avez aucune obligation d'achat. Vous avez 10 jours pour consulter les livres et décider ensuite de les garder ou de nous les retourner.

2.Une économie de 5%
Vous bénéficiez d'une remise systèmatique de 5% sur le prix de vente public.

3.Les livres en avant-première
Les romans que nous vous envoyons, dès le premier colis payant, sont des inédits de la collection choisie. Nous vous les expédions avant même leur sortie dans le commerce.

Composé et édité par les
éditions Harlequin
Achevé d'imprimer en France (Malesherbes)
par Maury-Imprimeur
en février 2009

Dépôt légal en mars 2009
N° d'imprimeur : 143668 — N° d'éditeur : 14109